Nuan 暖活 Huo

爱得还不错的那些故事

刘中薇◎著

天津出版传媒集团
百花文艺出版社

图书在版编目（CIP）数据

暖活 / 刘中薇著 . -- 天津：百花文艺出版社，2016.4

ISBN 978-7-5306-6773-6

Ⅰ . ①暖… Ⅱ . ①刘… Ⅲ . ①故事 - 作品集 - 中国 - 当代 Ⅳ . ① I247.8

中国版本图书馆 CIP 数据核字 (2015) 第 231190 号
天津市版权局著作权合同登记章 图字：02-2015-117 号

责任编辑： 魏　青

出版人： 李勃洋
出版发行： 百花文艺出版社
地址： 天津市和平区西康路 35 号　**邮编：** 300051
电话传真： +86-22-23332651（发行部）
+86-22-23332656（总编室）
+86-22-23332478（邮购部）
主页： http://www.baihuawenyi.com
印刷： 北京东海印刷有限公司
开本： 880 × 1230 毫米　1/32
字数： 200 千字
印张： 8.75
版次： 2016 年 4 月第 1 版
印次： 2016 年 4 月第 1 次印刷
定价： 35.00 元

推荐文

“爱”有时很简单，有时又挺艰难的，但无论如何都别放弃爱的能力……因为有爱才懂得幸福来过。就如同中薇的动人故事一样！

——“犀利”制作人　王珮华

在中薇老师的课堂上，真切感受到“暖活”的力量，此书，就像“恒温”收藏的酒窖一般，将爱的故事，以文字细细蕴藏、发酵，至历久弥新。

——总太地产开发股份有限公司　董事长　吴锡坤

总是让人感觉温暖文字背后，更是一颗亲爱的心。

——公视《爸妈囧很大节目》主持人　李四端

在故事与故事之间，朋友亲人的感情，正面看待人生的力量，相信世间美好的执念，轻轻流转，值得细细品味。

——老爷酒店集团　执行长　沈方正

没有华丽的文字，只有真诚的分享；这是薇薇说过最好的故事，关于她自己的真实，关于爱。还非常出乎意料地，适合男生们细读。

——游戏橘子数位科技　品牌总监　陈秉良

每次阅读薇薇公主的文字，就像踩上了轻快的魔法鞋，即便像我这样忍辱负重的男子汉创业家，也能从薇式那种软泥中舞步的天真，感觉到温暖发生在冷热交互间，爱，就在心也接受的那一刻，读上一篇，便会爱上一遍。

——时间轴科技总经理暨创办人　叶建汉

认识中薇十多年，她总是能轻易地摹绘出那些细小而温暖的闪烁片刻；书里那场婚礼我也在场，也是我这辈子出席的婚礼中，唯一让我落泪的一场。薇薇追寻一段简单的幸福，花了非常久的时间，这回，从书里带领大家看见她的决心。

——影评人　滕关节

认识中薇的因缘很奇特，约莫十年前参加一回山上朋友的茶会，因中薇搭我便车下山而结识，短暂交谈下，感受她是位生命力非常独特的小女生，为探索自我，放下工作便只身前往纽约游学；数年后再相遇的场景，她与我夫人恰好是茶道课的同学，而那时她已是“说故事与创意”课程的秒杀名师，也是知名偶像剧的剧作家，生命绽放，缘分如此奇妙。

读了《暖活：爱得还不错的那些故事》这本新作，一则则温暖我心的故事，眼眶不由得湿润了多次。阅读的过程，内心的情感有如乘坐在云霄飞车上，经历无数惊险、感受不断的挫折磨难中，逐渐增加情感的厚度、深度，与多元性。原来，生命中的温暖，是必须透过心的感受、传递与经营的；原来，生命是如此奇妙，诚心就可以让奇迹发生在自己身上。

因为生命有缺憾，所以我们都该学习如何蕴育和包容更大的爱，在涟漪扩大成无私的爱，让自己和周遭的人更幸福。这本书中奇妙多元的感情，远超越我的想像，也丰富了我内在的情感，与对人生的感受力，我感觉到自己更加珍惜、激赏默默付出温暖的人，与其说是暖活的故事，不如说是情感和生命学习的手札，尤其对当代过度依赖手机、电脑和网络的年轻朋友，是很有启发、很值得阅读的一本书。

我们因为爱而疗愈自己，也因为爱而开了眼界。打开胸怀，我们将更能散播爱，去拥抱不一样的生命、不一样的思考，最大的奇迹就是自己，因有温暖的心彼此连结。

——和筑开发股份有限公司　总经理　吴森基

自序

爱得还不错，活得还不赖

小子刚满一岁五个月，他不知从哪儿学会一个词汇叫作“卡住”。

从脖子把衣服套进去，手拉不出来的时候；穿鞋子没把五只脚趾头放平稳的时候；自己贪玩爬进大纸箱出不来的时候，他都会扯开喉咙，气恼地大喊：“卡住！”

有一次，他吃完苹果，同样指着嘴巴大喊：“卡住！卡住！”我纳闷了，一共只有六颗牙，到底能卡住哪里？我歪着头，用手指探进他嘴里东摸西摸，喔！罪魁祸首现形了！有一个很细很小的苹果渣卡在他的牙缝里。果然是卡住了。

原来我们在很小的时候，就懂得“卡住”的感觉，那种施展不开、浑身不舒服的感觉。

卡住的时候，心里会焦急，谁来拉我一把呢？什么时候才能自由呢？偏偏越是心慌，越是手忙脚乱。

所以，急什么呢？急也没有用啊！

成长过程中，我最讨厌考试，一看见考卷就开始头皮发麻，急着想要答案，往往越急越想不出来，最后只落得胃抽筋罢了。对于人生这道试题，我同样资质驽钝，偏偏这人生考卷，常常是胃抽筋了，依然无言以对。

但是长大的我渐渐发现，生命当中无论多么艰涩的难题，都有一个终极答案……

那些让你千回百转的心情，欲言又止的忐忑，无言以对的时刻，把它们层层剥开，就会得到包藏在底下的真相。

因为爱的作祟，所以有那么多辗转难眠的为难、在乎、悲伤。

因为爱的光辉，又让我们体会那么多泪光闪闪的宽容、奉献、温暖。

原来，爱，就是这个世界上最美的真相。

这本书，在我心里，缓慢地写了三十多年（没办法呀，成长需要时间吗）。

从反复修改、决定出版到真的付梓，约莫两年。

时间终究磨炼耐性，我不急，我不怕等待。

如果幸福的追求是一场赛跑，我想我是马拉松女孩。我不求快速抵达，只求每一步都踏实，不要漏看了迷人风景。

从小我就是一个问题很多的小孩，我常常被“卡住”，我不确定这是不是源自于我有一个问题很多的家庭。当别人家里是琴棋书画的时候，我们家上演的多半是刀光剑影。小时候我不断质问为什么、为什么、为什么？现在才明白，那些为什么，是上天要让我的生命充满精彩绝伦的故事。

我的家很奇妙，老妈一辈子觉得委屈命苦，老爸到老还是血气方刚，哥哥常常出言不逊，但他们心底却是极善良、极温暖。老妈在我们最拮据的时候收留烧坏脑袋的邻居女儿，老爸则是正义凛然带回差点被推入火坑的芳姐，老哥总是莫名其妙捡回流浪狗、猫、兔子、鸭子……

当老爸拎着皮箱离开这个家，我以为我从此要变成单亲家庭的小孩。岂料，上天的旨意是要我准备迎接“多亲家庭”的到来。两个爸爸与三个妈妈，再加上他们的家人……

我多么感谢这样的安排，否则，我永远不懂得什么是爱。

老妈遇到叔叔，我从叔叔身上体会各种爱的样貌：爱是恩慈、是奉献、是接纳、是不自私、是不计较、是真心为别人好。

爱原来是那么温柔、温暖的一道光。

生长在一个有温度的家庭，比生长在一个“正常组合的家庭”更重要。

曾经，我软弱且自卑；而今，我自信又自在。

曾经，我以为没有永远的幸福；而今，我知道永远很远，但幸福可以很近。

曾经，我以为自己很渺小；而今，我深信无论多么微小的光芒，都有温度。

在和出版社讨论书名的时候，出版社提出“暖活就是我的超能力”这个提案。思考了一夜，我发现我无法对这个书名感到安心，因为，暖活从来就不是我的超能力，暖活是我的信仰。超能力是一时的、短暂的，但信仰不是。

信仰是内心坚定的力量，是永恒的信念，而我，深深信仰着——暖活。

只有真心看到别人，对生命热情以待，才能温暖地活在世界上。

人生任何一个被卡住的时刻，都可以经由时间、信念、爱与成长，得到解答。

我更相信没有爱不能超越的事，没有爱不能抚慰的心。

我愿意永远怀抱希望，相信奇迹。

你知道吗？这世界没有所谓完美的人生，但是我们都可以拥有美好的人生。

无论处在人生什么样的处境，我喜欢生长，努力向上。我知道我值得幸福，我知道我一定会幸福。

既然一定会幸福，那么只有时间早晚的差别。

所以，别急呢！

让自己成为一个温暖的发光体吧！

如果你想要爱，那么就先去爱。能够付出爱，才能吸引更多爱前来。

请你相信，充满爱的你，非常可爱，值得幸福。

等时间到了，季节对了，花自然就开了。

花若盛开，蝴蝶自来。

当你追着蝴蝶跑，你就是抓不到，若你微笑等待，内心笃定，全然安歇，瞧！蝴蝶已经停在你肩头了呢！

不急，在等待的时候，我们喝杯咖啡，看故事。

谢谢你打开这本书，我用虔诚的心为你写下这些故事，它们，爱得还不错，活得还不赖！

目录

CONTENTS

目录

目录

C O N T E N T S

目录

两个太阳

某天下午，接到一通电话，来电者是国际知名女性杂志，企划制作艺文界的父女档专题。

“我们希望采访你与你的父亲。”对方这么说。

“我的父亲？”当下我想都没想，直觉反问，“请问你要采访的是我哪一位父亲呢？我有两个……”我将这句话抛出，我与对方不约而同陷入沉默。

我们，都愣住了。

好半晌，对方缓缓开口：“原来……你有两个爸爸啊？”

“嗯。”原来……我真的有两个爸爸啊……

不知道从什么时候开始，问起我的父亲，我下意识脑海中浮现父亲的形象，有爸爸，也有叔叔。两个爸爸的地位都成立，无法比较，无可取代。

“我们两个爸爸都采访好吗？会不会让你很为难？”

为难……

假使我会有为难，那是因为不想造成“父亲们”的为难。

如果只采访爸爸，那么杂志刊出后，叔叔看见了，即使心里明白这是理所当然，也许仍会有一丝失落。

如果只采访叔叔，爸爸看见了，他必定能体谅，但难免会感伤。

思索一会，我拿起电话，决定先拨给爸爸。我想我该事先告知我的爸爸，这个“关于父亲”的专题采访里，除了他，还有另一个爸爸。

“爸，杂志要制作父女档专题，要采访我和你，还要拍我们的合照。”电话那头传来爸爸爽朗的声音：“好啊好啊！欢迎欢迎！”声音里难掩兴奋骄傲。爸爸向来谈笑风生，见惯大场面，对于媒体采访显得落落大方。

犹豫半晌，我继续字斟句酌说着：“关于叔叔的部分……因为叔叔比较低调，所以只有提供照片。”

“叔叔？”爸爸的语气有些微困惑，声音一顿，大约有三秒钟，“这样啊……”然后，爸爸很快转成理性的语调，说着：“那采访叔叔就好了……不然你有两个爸爸，读者会搞不清楚……”

“爸！不会啦！”我赶忙接口。

我有两个爸爸，不需要对谁解释，我知道就好。

“就这样说定了，我会带杂志社的人去找你喔！”挂下电话，我心头涌上一阵没来由的惆怅。

爸爸那三秒钟的停顿，淡淡失落的语气，像一颗小石头，轻轻投进我的心湖，泛起片片涟漪。

这会不会是爸爸生命中意料之外的时刻？

也许爸爸这辈子都未曾想过，从女儿的角度出发，在我的生命中，足以称为我父亲的，除了他，还会有别人。

尽管我再怎么小心翼翼，爸爸都必须面对，这十几年来，与我生活在一起的人，不是他。

我不晓得，当年爸爸离开我的时候，可曾做过心理准备，将来会有一位男子，接受他的妻，成为我的父？

当有一天，旁人问起我的父亲，爸爸竟无法那么理直气壮举起脚步，往“父亲”的宝座坐下，理所当然地大声喊：“我是！”因为，下一句，要接的话竟是：“他也是。”

而这个“关于父亲”的采访，还是要从我的亲生父亲开始。

“你与父亲最有意义的地方是哪里呢？我们可以请摄影师在那个地点拍合照。”

“嗯……我能想到的，是小时候我常跟爸爸一起去山里面钓鱼……”

“深山里喔，这画面一定很美。……不过恐怕来不及拍，有没有别的地点呢？譬如，你小时候住的家啊，还是？”

我的家？

我的家，随爸爸的部队搬迁，小时候爸爸服军职，即使有休假，也是匆匆来回，家里几乎都是老妈在管。

小时候的家已经不复存在，后来，老爸老妈离婚，爸爸另组家庭之后的家，是他与他太太的家.哪一个才是我与爸爸的家呢?

我困惑了，我与爸爸，已经没有家。

“你再想想，你们父女俩，有没有最有意义的地方？总有你们常常相聚的地方呀！”

与老妈分开后，爸爸搬去台中，我与爸爸的世界相隔百公里。

爸爸来台北看我，多半相约在餐厅，我与爸爸的记忆，在不同餐厅滋长，在万般香味里酝酿。

火锅店、咖啡厅、湘菜馆、素菜馆、饺子馆、港式饮茶、铁板烧餐厅，爸爸变成我约会的对象，定期相聚的饭友。

后来，爷爷往生，奶奶的日子以扫墓为责任、为乐趣，一年扫上五回不嫌多，每次总要号召一行人浩浩荡荡。

常常，我陪着我的爸爸，追忆他的爸爸。

难道，我与爸爸最有意义的地点是墓园?这恐怕要让杂志社昏厥吧!

“那么你印象中关于爸爸最难忘的画面是什么？”

最难忘的画面……

啊，我想起来了。

最难忘的画面，是那一天，爸爸绝然地提着皮箱出走，阳光洒在屋外庭院，爸爸的背影成了黑压压的剪影，贴在记忆里寂寞的角落。

我忘了，爸爸有没有回过头，再看我一眼……

是那一天，爸爸西装笔挺，英气焕发，挽着新娘在休息室里，新娘笑容灿烂，洁白礼服曳地，裙摆悠悠长长，将我隔在无声无息的远方。

我忘了，爸爸已经属于另一个她……

是那一天，二十八岁的我首度有机会与爸爸连续九日朝夕相处，某天清晨起床，我凑进爸爸床边，偷偷怯望着爸爸的睡容，才知道原来爸爸睡觉的样子是这样啊。

我忘了，爸爸可曾在睡前为我说过床边故事……

我从来不敢问爸爸，他是否曾经遗憾没有参与我的成长，或是他更庆幸终于拥有自己想要的人生？

就像我从来不敢问叔叔，踏上一条无人理解的道路，他是否曾经犹豫过？后悔过？

采访进行到叔叔，星星已经燃亮黑夜。

杂志社问叔叔："对于父亲这个角色，您有什么想法呢？"

叔叔低头沉思，好半晌，悠悠地说："嗯……我没有什么想法，我没有生过孩子，没做过父亲，也不知道爸爸应该怎么当……也不确定，我做的这一切，是不是称得上父亲这个称谓？”

其实，作为两位爸爸的女儿我，也相当不清楚“父亲”这个称谓的意义是什么。

在生物学上，父亲提供二分之一的染色体。

在社会学上，父亲是担负教养子女成长责任的男人。

从这两点定义来看，我的爸爸是，也不是。

我的叔叔，不是，也是。

我这么说，似乎也掉入某种偏颇。相较于许多同处一个屋檐下却互不了解的父女来说，我与爸爸虽然身处异地，但时时联系，我成长的轨迹，爸爸还是明了的。而叔叔说他不知道怎么当父亲，但他长期付出的关怀与照顾，恐怕又要让许多“不知道孩子读几年级”的父亲汗颜。

“当初您是什么样的心情，加入这个家庭？毕竟……毕竟……”采访者犹豫着下面的用字遣词，我知道，她想说的应该是“毕竟这是有些不可思议，让人难以理解的”。

叔叔在二十八岁那年认识老妈，老妈大他九岁。

在我终于也长大到二十八岁的年纪，易地而处思考，我实在不明白，斯文保守的叔叔，为何会在他年轻的人生时点，选择这么一条怪异曲径、艰难道路？

至少二十八岁的我，没有这样的际遇，更没有这样的勇气。

叔叔是上班族，未曾有过婚姻，他接收的家庭，却有哥哥与我两个拖油瓶，拖得响叮当。

老妈不但年长叔叔九岁，失婚，后来罹癌，经历一次又一次放射线治疗。

这一切，早已远远超越一个男人爱上一个女人那样单纯的浪漫情怀。

我不明白，真的不明白。

“当年，您应该遭遇过许多反对的声浪吧？”杂志社小心翼翼地问。

我望着叔叔，那也是我心中多年来掩藏的疑惑，叔叔“虽千万人吾往矣”的勇气，所为何来？

“其实，有一千个、一万个理由，我应该离开。也有一千个、一万个声音，阻止我往前……”

“最后是什么原因让你选择留下？”

叔叔的眼神深深望向我，一字一句缓缓吐露：“虽然一千个、一万个理由，说服我应该离开……但只需要一个理由，就可打败这一切……”

“是什么？”我与杂志社不约而同追问。

“就是……爱吧！”

叔叔笑开了。

是啊！就是爱啊！再不需要更多的理由了。

就让画面定格在这里吧！这一瞬间，只是时间长河里微不足道的一个分秒，却是那么无以伦比的美丽。我将它配上荡气回肠的音乐，优雅地 fade out。

采访结束后，我和叔叔两人相倚，站在阳台上。

一轮明月高高挂在天边，暖风轻送，飘来花草香气。

我低头俯视楼下，巷子里几个行人脚步匆匆，走在回家的路上。

对面公寓挨家挨户灯火通明，每一盏灯光下，都是一个家，诉说着极其平凡，却又无比独特的故事。

“我真的觉得，我们……是很难得的缘分。”我缓缓说着。

月光下，叔叔慈祥地望着我，我掩不住心中激动，上前去大力拥抱他……

世间有千千万万对父女，因为天性延续爱而成立父与女的关系。也有千千万万对父女，因为婚姻契约而成为法律上的父与女。

但我与叔叔的父女关系，显得更加单纯。

生物学上，他没有孕育我。

法律上，他不曾领养我。

婚姻上，他不曾迎娶老妈。

我们的父女关系，只因为爱而成立。

我的生命里，有两个太阳。

爸爸是夏日骄阳，亮丽惊人，充满活力。他让人惊艳，却又让人莫名的泫然欲泣。给人极度温暖，又难保不会灼伤了肌肤。虽然爱这艳阳高照，崇拜他的灿烂光亮，钦羡他的来去自由，有时却只能远远望着他。

叔叔是日出与日落的阳光，温暖但不炙烈。他总是散发淡淡光辉，如薄雾一般轻拂大地。无论春去秋来，哪怕海角天涯，日出日落的阳光都恒常温柔。永远不会失去日出，也不会没有日落。他一直都在。

一个人一生中，拥有一个父亲，是幸福的。

而我，比一个又多了一个，是双倍的幸福。

因此，我知道，当我跌倒的时候，会有两个男人义无反顾伸出手拉住我，呵护着我。

生命里有两个太阳为我照路，我想，我的日子，无论如何，都该阳光普照、天天天气晴朗。

婚礼上，爸爸们的小抄

完了完了，这下该怎么办才好？我真的要办喜宴了，我有一种大难临头的感觉……

小时候，家不远处有间婚纱店，我常驻足在光洁明亮的玻璃窗前，幻想我会穿上什么样的婚纱……小女孩的奇思妙想充满泡泡糖的七彩光晕，浪漫梦幻。那时候的我从没想过，有一天，当我真的要结婚，我只希望在平凡无奇的一个午后，和心爱的人手牵手，散散步，去登记。不要提亲，不要喜宴，没有婚纱，没有捧花。

因为，我的爸爸妈妈太多了……

提亲，要跟谁提？生我的？还是养我的？

难道提亲两次？小胡子可没带回两个太太。

两个爸爸，一个在台中，一个在台北，婆婆高龄七十多，我忍心让她奔波，成何体统？

光想到提亲的场面我就头皮发麻，索性什么都略过，直接登记。但先斩后奏之后，父母亲仍殷殷渴盼着“看女儿出嫁”，一场完成父母心愿的喜宴势在必行，日子开始陷入水深火热，我好似自己烧了一锅滚水，眼睁睁看自己扑通一跳。

办喜宴，双方家长因为沟通不良造成嫌隙，时有所闻。

曾经听说过这样一场婚礼，双方都是有头有脸的家族，女方家长邀来牧师致辞，男方家长邀来法师致辞，最后牧师发言的时间比法师长，男方母亲当场垮下脸，觉得一点都不受尊重……（喜宴就惹火婆婆大人了，这媳妇刚嫁过去的日子堪忧啊……）

幸运的是，婆婆大人生性淡泊，无欲无求，儿子本来是不婚族，多了媳妇是意外惊喜，她交代小胡子一句：“薇薇家里有什么想法，尽量配合。”有这样疼我的婆婆，我雀跃地跳起来，谢谢上辈子、上上辈子的我烧了许多高香。

但老天爷是很公平的，不用摆平这个，就要摆平那个。我要费心协调的“双方”意见，竟然不是“婆家与娘家”，而是“老爸与老妈”！

从“主桌要坐谁”，就已经让我一个头两个大。

老爸一声令下：“奶奶、姑姑都要上啊！”

老妈随即不甘示弱：“那母亲这边几个舅舅也要上啊！母舅最大耶！”

老爸与老妈打了一辈子的仗，估计要在我的婚礼拼个胜负。

我差点负气撂下一句狠话："喜宴？等我找到可以容纳五十人主桌的餐厅再说！"只可惜我胆子不够大，只敢在心里犯嘀咕。

刚办完喜宴的大学同学听闻我的状况，一把将我拎到他面前，脸上带着浩劫余生的表情，凝重地对我说："这事很棘手，你才刚起头，根本搞不清楚状况……"

"有这么严重吗？"我半信半疑。

"有！"他激动拍着桌子，"我搞过多少大型专案，独独就是婚礼搞死我！"大学同学现在可是官拜亚洲区经理人，三大洋五大洲，什么难搞的客户没见过，所言应该不假。惨了惨了，这下真的该糟了。

"更何况，你家状况有些复杂，我用过来人的经验跟你说，你不可能满足所有人的期待，你要搞定最难搞的那个，其他人，虽不满意但尚能接受，就可喜可贺了！"

"谁是最难搞的那个？"我发抖请教。

"脾气最硬的那一个。"他毫不犹豫回答，并且用一种自求多福的眼神同情地看着我。

平常我与老妈住在一起，老妈情绪不稳，没安全感，我常被搞得七荤八素。但没想到，这场婚礼，老爸才是最难搞的那一个！

老爸从高中开始读的是陆军官校，在部队待了四分之一个世纪，军中的思想渗透教育实在太成功，于是他同样用"军人武德"中"智、信、仁、勇、严"的五大德目教育我。

小时候，我跟老爸讨了一块钱，他以为我要存扑满储蓄，却发现我买了一颗西瓜糖，老爸给我三十秒的时间辩解。不过就是贪吃嘛，我压根儿没说过我要存扑满啊！是他自己对五岁女娃的人格有不切实际的期待，我哪里说得清。结果他抡起拖鞋就是一阵打，他认为我完全忤逆了“亲、爱、精、诚”的黄埔校训。

退休后老爸有阵子帮忙阿姨管理安亲班，最引以为傲的事，是把军事训练带进幼童教育，守纪律、重秩序，每个小孩午睡醒来都要把棉被折成方方正正的豆腐干，整整齐齐搁在床头，吃饭打菜要排队，开动前还要集体呼口号。

老爸虽然有人老心不老的特质，六十多岁的年纪写部落格、用智慧型手机、发 Line 跟我联络，但是，骨子里一些传统保守或荒诞的观念，却根深柢固。有次我们谈到异国恋，老爸用奇怪的物种论强烈反对：“吉娃娃为什么要去嫁大狼狗？”为此我们激辩得面红耳赤！

因为是这样顽固的老爸，筹办婚礼的过程中，只要来电显示出现“阿爹”，我的肾上腺素就开始飞涨飙高，他给我出一道一道难题，要我过关斩将。

我本想轻松举办婚礼，他偏偏郑重其事，“传统上是怎样怎样”、“要怎样怎样才符合规矩”，丝毫不马虎，每道程序他都有想象中的图像。更可怕的是，有一天他竟想从台中专程上来，“我要跟你妈坐下来好好谈一谈这婚礼细节。”他郑重说道。

坐下来好好谈一谈？

我慌了！

老天，他们上回“坐下来谈一谈”，是二十多年前离婚的时候。

那一次，根本没有“好好的”！

于是我吓得泪眼汪汪一把抱住老妈大腿：“妈，拜托你去跟老爸说一下，千万不能让他上来谈亲事……”我不敢想象这两位恩恩怨怨纠葛一辈子的老人家会如何乌烟瘴气地谈我的“喜事”。我不想这样出嫁……（掩面，泣……）

当娘的心是软泥，老妈可怜我哭成泪人儿，总算拿出我从来没有见过的气度，她主动打电话给老爸，收起她一贯对老爸讥讽的语气，四两拨千斤地说：“结婚喔，他们年轻人自己高兴就好，我一点意见也没有。聘金、迎娶统统都不用，喜宴当天直接坐下吃饭就好，女儿过得幸福最重要！”老妈浑身散发着一股气势，我敬畏地瞪大眼睛，佩服得五体投地！

老爸没辄，看似软化，语气松口不少。不过，当我提到婚礼上，“除了我婆婆一定会上台，还会邀请叔叔跟妈妈上台，阿姨跟你一起上台，大家一起向宾客举杯……”

“什么？”老爸打断我，脸色错愕，好像被重重一击。

难道，他压根儿没有想过，舞台上除了他，竟还有别人？

“阿姨为什么上台？”

“因为她是你的伴儿，而且老妈没意见。”

“叔叔呢？”

“叔叔跟老妈是一对，本来就应该一起上台。”我理所当然回答。

显然老爸不这样想，老爸霸道地认为，婚礼，是他的场子！他计划从台中包一辆游览车载亲友上台北来庆贺，他的军中同袍顺道把我的婚礼当同学会，他更理应以主人之姿上台致辞，沸沸扬扬大声宣布他终于嫁女儿了！但，明明结婚的是我啊！这是我的婚礼啊！

这个婚礼，我最想做的事情，是当着所有爱护我的亲友面前，感谢养育我二十多年的叔叔。这么多年来，我从没有机会在一个正式的场合，认真诚挚地跟叔叔说谢谢，这是我的心愿。

所以，除了老爸的致辞，我同时热切邀请叔叔：“叮当，可不可以请你在我婚礼上致辞？”叮当是我惯常对叔叔的昵称。

“嗯……可是我不太习惯在这么多人面前说话耶……你爸口才比较好，让他讲就好了。”叔叔客气退让。

“爸爸讲啊！但你也要讲！我的朋友都很想见你本人耶！”我紧挨着叔叔撒娇。

“我不用上台没关系啦！”叔叔保持始终的谦虚低调。

我只好正起脸色，慎重地恳求：“叮当，我真的很希望我的婚礼你能上台说话，大家都知道叮当对我最重要了！”

“这样啊……”叔叔想了一会儿，随即大方允诺，“好啊！只要你觉得这样安排是你想要的婚礼，可以啊！”

叔叔就是这样，一直默默支持我、配合我、纵容我。

有一年我跑去纽约流浪，无意间看了一场非洲鼓演出，整个人呈现失心疯状态，兴奋打电话给叔叔，胡乱瞎说："叮当，我想要去学鼓，直接去非洲学喔！"

叔叔用深思熟虑的语气，认真回复："这样啊，那你答应学校的授课要不要先缓一缓，等去完了非洲再说？……"

我每一个疯狂的念头，叔叔从来不曾觉得荒谬，他顺着我的性子，务实地帮我思量那些妄想，在他可以帮助我的地方使力，即使很多时候，我只是一时兴起、随便说说而已……

老爸，这个婚礼不光是你的场，也是叔叔的场，叔叔那边的至亲，全部都来参加。叔叔同样是嫁女儿的心情出席，和你一样戴着"主婚人"的胸花。

如果你不愿意接受两个爸爸台北、台中各办一场婚礼，那么我们势必要面对这一天：我有两个爸爸，婚礼上，"新娘爸爸"的光芒，也将由两个爸爸分享。

婚礼当天。

十一点，婚礼彩排。

我勾着小胡子，站在地毯这一头，准备走进会场，虽然只是彩排，心里仍是忐忑。

我举起脚走第一步，一脚踩到自己的裙摆，重心不稳，摇摇欲坠，糗！

"来，新娘，看我的脚，像这样，走一步、停一步……"婚企老练地踏步给我看，脚步比我稳健多了！

“一辈子只走这一次，不要急喔，走慢一点！让大家可以把新娘看清楚！”

其实我根本无法急，也完全走不快，华丽复古的大蓬裙千斤万两架在我身上，举步维艰。再加上，我脚上踩着全新的高跟鞋，别别扭扭。我不会穿高跟鞋走路，单身的时候不会，结婚这天也不会开窍。

“记得喔！走一步、停一步。”婚企好有耐性地提醒。

好，走一步、停一步；停一步、走一步。

不知为何，想到电影《岁月神偷》的台词，“鞋”字，半边难，亦有半边佳。

一步难、一步佳。

难一步，就佳一步……

曲曲折折的姻缘路，一步一步走来，我终于出嫁了……

婚企随即转头提醒我：“现在请双方家长来彩排一下喔，看看等下舞台上怎么站？”

我忽然大梦初醒，冲口而出：“彩排？”我惊慌阻止，“不行，千万不行……”

婚企错愕，我赶忙解释：“我是说，就算彩排了，老人家也记不得……”

“我担心到时现场会有些凌乱……”婚企皱起眉头。

“真的，没关系，就让他们随意站，爱怎么站就怎么站，只要大家站成一排就好……”

婚企迷糊了，问：“可是这样宾客会知道谁是男方家长、谁是女方家长吗？”

“没关系！”我赶忙挥手，冷汗直冒，“知道就知道，不知道就不知道，呵呵……”我苦笑着。

“喔？”婚企看起来相当困惑。

这场婚礼，我花了半年过关斩将，已经将我搞得筋疲力竭，好不容易在喜宴前获得暂时的和平，我一点也不想再搞出一个“彩排”打乱苦心经营的布局。

婚礼很快进行到第二次进场，果然如我梦寐以求，我终于在盛大公开的场合和叔叔道谢。

站在台上望着全场四五百位亲友，难掩内心激动，这就是我期待已久的时刻！

我缓缓开口：“老天爷知道我是一个麻烦的小孩，所以派了三位天使来照顾我长大……我的妈妈教会我生活的艺术，坚毅面对人生的态度；我的爸爸传给我创作的天赋，教我做人做事的道理……”讲到这儿，我忍不住停顿，深深吸一口气，希望眼泪不要掉下来，我的目光暖暖望向叔叔，真诚地说，“但是……我觉得，在这个世界上，真正教会我什么是‘爱’的人，是我叔叔……”

脑海中，那些与叔叔共处的画面开始翻飞……

十三岁，翘课，跳上公车去找叔叔，叔叔开导我叛逆的心情。

十五岁，气胸开刀，叔叔微笑站在病房床帘外，对我挥手打气。

十六岁，高中联考完，老妈劝我干脆放弃高中，去念商职顺便工作。叔叔认为我该多念点书，因此我一路念了高中、大学、研究所。

二十岁，老妈罹癌，叔叔不畏风雨，牵着老妈一趟一趟往返医院治疗，不弃不离。

研究所，论文压力搞得我常常胃抽筋，叔叔在漆黑的深夜骑着摩托车载我去急诊。

出社会，每当工作、爱情低潮袭来，叔叔陪我在运动场散步，一圈又一圈，一圈又一圈……

泪水模糊的眼中，我看见叔叔沉稳地步上台……

今天他特别梳了绅士头，皮鞋擦得晶亮，胸花端端正正佩在胸前，婚企将麦克风递给他，叔叔缓缓开口："……平常我是比较酷的人，从小到大很少有机会知道什么是感动到想哭的感觉，今天我总算体会到了。……第一次见到薇薇，是二十二年又六个月前，那时候她未满十四岁，是一个懵懂的小孩，她给我的感觉是充满好奇心，随时在探索这个世界。……平常生活中，她叫我叮当、当当，不管她叫我什么，我们的感觉就是一家人……"

二十二年又六个月啊！叔叔已经陪伴我，超过我人生一半的岁月……

这是我第一次看见叔叔在台上讲话的样子，温暖有爱，讲得好极了。台下扬起热烈掌声，现场宾客频频拭泪，连餐厅经理也红了眼眶。不好意思，我不是故意要弄哭你们。

我一个箭步扑上前，紧紧拥抱着叔叔，眼泪热滚滚流淌，谢谢，谢谢，谢谢你没有逃走，谢谢你没有嫌弃我是拖油瓶，谢谢你二十多年来毫无怨言照顾我们一家人。我内心更想说、却说不出的是："在我心中，你不光是叔叔，你是我爸爸！"

此时，我眼角余光不经意瞄到了台下的老爸。

我希望我看错了，老爸的眼中，似乎闪过一抹黯然。

好强的老爸啊，我……谢谢你，也对不起。

人生很难，
也很美，
我懂了。

婚礼隔天，我急着看照片，催促哥哥把他相机连接到电视画面，那闪闪亮亮的喜宴，一幕幕重现，花束、气球、缎带、鸡尾酒、彩排、迎宾……等等，这是什么？我停下手，歪着头研究。

画面上，是叔叔的侧脸，他正低头认真地在看着手上的小纸条。

我用手拍拍哥哥，好奇问："你拍这张照片的时候，叮当在看什么啊？"

“小抄啊！”

小抄？我结婚他看什么小抄？

我纳闷，随即脑袋一转，心头暖了起来，啊！竟然是小抄！

我以为叔叔是上台临时随意发言，没想到拘谨的他竟然一丝不苟地拟了讲稿。

当晚我眯着眼，贼乎乎追着叔叔确认：“叮当，听说……你有做小抄哦？被我发现了……”

“对啊！”叔叔腼腆承认，“我之前在公司写好印出来，我怕一紧张就忘记了。”然后，叔叔接着说，“我在外面看小抄的时候，正好有一个人朝我走过来……”

“谁？”我问。

“你老爸……”

“我老爸？”我紧张不已，“他在干吗？”

叔叔笑了出来，“他啊！你猜他手上拿着什么？”

“什么？”

“小抄啊！我看见他手上也拿着小抄在读……”

我多想亲眼见证那一幕画面。

两个爸爸，互望着对方手中的小抄，错愕，停顿，然后忍俊不禁一同扑哧笑出来。

画面开始倒带。

我怎么会忘记，准备婚礼的时候，为了制作成长影片，我打电话给老爸，询问他当年离家时，一卡皮箱带走的照片里，可有我？几天后，老爸寄来一个整理好的资料夹，从我呱呱坠地、到小学大队接力摔伤、到大学毕业典礼、到我们一同出游，老爸细心审慎地将照片按照时序一张张排列好，清清楚楚标明资讯。原来我一直都在。

我怎么会忘记，出嫁当天，我偕同小胡子回到奶奶家给祖宗上香。老爸感伤地从房里走出来，手中揣着一块珍藏多年的玉佩，亲手为我佩戴，玉佩上面镶刻着我的生肖。老爸紧紧握住我的手，郑重交给小胡子，目光深深托付："阿薇……以后就交给你了！"老爸眼眶一红，哽咽啜泣。原来老爸的不舍藏得这么深……

我也绝对不可能忘记，当天婚礼上，我与小胡子走过地毯，步上舞台，主持人接着邀请双方家长上台举杯。在台上忐忑不安的我，清清楚楚看见了，老爸第一个起身，带着笑容走向叔叔，他毫不迟疑伸出手，大方地邀请叔叔先上台。

我恍然了悟，有些人的爱在身边。

有些人的爱说不出口。

我不知道老爸累积多少感谢去伸出这双手，欢迎另一个男人在女儿大喜之日，与他一同分享"父亲"这个宝座？又用了多大的气度，看着女儿在台上激动表达对另一位爸爸无尽的谢意？

我一直记得我有两个爸爸。

但我却忘了，两个爸爸都只有我唯一一个女儿。

倘若我无法切割成两半，就只能加倍努力当爸爸们的女儿。

老爸们，谢谢你们以为我傲，因为我也

深深地

以你们为荣！

注：你一定很好奇，爸爸们的小抄写了什么，我两个都没有亲眼看到。叔叔的致辞很温馨，老爸的致辞则有长辈的威仪，我格外记得他叮咛“女人敢嫁要有量，男人敢娶要有种”。我有没有“气量”还不敢说，但小胡子肯定是很有种的，娶一个老婆，附赠两个岳父大人，背后有四道目光虎视眈眈盯着他，不带种，这日子怎么混得下去哟！

幸福的起点

没有一个冬天像今年一样寒冷，大环境萧条，日子似乎很难过，幸福仿佛很遥远。到底要从哪一步踏下去，才会是幸福的起点?

一年之初，我想在新的一年，分享给你，我在前往两场演讲的途中，发现了幸福的起点。

这一天我要到南台湾演讲，从台北到屏东，将是一段漫长的路途。

大清早，走向捷运站入口，我瞥见路边有位卖花太太。冷风飕飕，这位太太穿裹厚重衣服，长长的袖套戴在手上，露出一小节手指。头上顶着渔夫帽，胸前捧着一盘玉兰花，孤零零伫立在行人匆匆的街头，不知道站了多久。

我其实已经快步经过她身边，赶着要进捷运站。但我明明看见她，实在很难当作没有见。一念之间，我决定转过身，再走回她身边。

站在她面前，才发现，帽子底下，是一张重度灼伤、皮肤僵硬，无法显露喜怒哀乐各种表情的面容。同样地，藏在长长袖套底下的手指头，也是严重灼伤的痕迹。

我压抑住我的讶然，微笑地说："我想要买玉兰花……"

好不容易有客人，卖花太太赶忙招呼我："这都是今天早上刚摘的，你可以挑一下，挑漂亮一点的。"

"当然要挑啊！"

"我帮你……"卖花太太低下头，认真为我拣选，她拎起一串，说："这串花瓣都没有破，比较漂亮……"

"谢谢你，我说当然要挑，不过，我想要挑比较不漂亮的耶！"

"啊？"她抬头看着我，眼中透着疑惑，手悬在半空。

"漂亮的你留着，你可以卖给别人啦！"我笑脸盈盈地将她为我挑选的花换下。

卖花太太一愣，她的脸因为残疾，读不出任何表情。只见她低下头，颤抖着手收下钱，低声跟我说谢谢……

我轻轻呵护这串玉兰花，玉兰花跟随我一路坐捷运、高铁，来到南台湾。

"嘿！送给你！"我将玉兰花送给来车站接我的女士。

"啊？玉兰花？"女士满脸惊喜，欢天喜地接过，将它挂在车子中央照后镜，微笑对我说："这辆老爷车很久没这么香啦！挂上一朵花，感觉好很多！"

"这是从台北来的玉兰花呢！"我将北台湾的花香，千里迢迢带到南台湾，一朵玉兰花连接起南北的缘分，绽放一朵花的微笑。

这是不是一个幸福的起点？

只是演讲途中稍作停留，我只是买了一朵花，却感受到好多温暖。知道自己小小的付出可以让人有小小的喜悦，对我来说，这一刹那便是幸福。

另一次，同样是在前往演讲的路上，这一天，我要演讲的地点是一所高中。

我知道这所高中离捷运站步行可抵达，但是不确定方向，又怕迟到，决定搭计程车。

不远处，我看见有辆计程车等在路边好一阵子，破破旧旧的，很难引起青睐。几位乘客选了别台比较新的车辆，我走上前，原本，也想搭乘别辆计程车。又一想，人家等了这么久，应该是生意清淡，我还是上车吧！

司机看起来是个老实人，粗布外套，花白头发，干巴巴的手紧握着方向盘，脸上带着风霜与抑郁。

"司机先生，不好意思，我只有千元钞，等下找得开吗？"我礼貌地问。

司机淡淡地回我："等下再看……"

车子行驶在街道上，司机问我来这所高中做什么？我说我来演讲的。车子进入一条热闹的街，司机顺道为我介绍："这就是这一区主要的道路。”才说完，又拐个弯，学校赫然出现在右手边。

“其实很近嘛！”我探出头，一边望着温馨小巧的校园，一边掏出钱包，顺口问：“司机先生，多少钱？我只有千元钞，要不要去换钱？”

我话还没说完，司机转头朝着我，慈蔼地笑着：“不用了。”

“不用？”我大吃一惊，随即喊着，“不行啦！怎么可以不用！”

“没关系，反正很近，就当作我顺路回家。你好好去为学生演讲。”

“不行啦！”我赶忙翻着钱包，无奈里面只有千元纸钞，与铜板七块。

“司机先生，你不能不收我钱，但是我只有七块钱……”我困窘着，不知如何是好。

慌乱中，忽然发现钱包夹层里有一张百货公司周年庆兑换来的礼券，面额是五百元。于是我问：“司机先生，请问你有太太或女儿吗？”

他点点头：“我有一个女儿，也在读高中。”讲到女儿，他枯竭的脸上露出欣慰笑容。

“那……这个给你！”我把五百元礼券递给他，诚恳地说，“请带你的家人去百货公司买点小用品或吃吃小吃街……”

司机憨憨接过，看到上面的面额是五百，紧张地翻找口袋：

“那我找钱给你……”

“啊！不用啦！”我又急了！怕他塞钱给我，我赶忙跳下车，边交代：“礼券有效期限到月底喔！请记得要在月底之前去喔！谢谢！谢谢……”

“谢谢！谢谢……”司机干巴巴的手紧握着礼券，也不断跟我道谢。

只是一张周年庆兑换来的礼券，却能让平实的一家人，手牵手进百货公司，感受美好的生活气氛，这个画面一想到就让我动容。

关上车门，我的心头暖洋洋。

这是不是一个幸福的起点？

我用礼券搭了计程车，买到一位慈祥父亲为我无私的乘载，买到一个温暖美丽的相遇。

这只是两个生活里微小的故事，却扎扎实实让我在冬天感到不寒冷。

这个世界或许没有那么糟。

伤残但不退缩的卖花太太，背后一定有个故事，支撑着她在寒风中等待，兜售一朵朵玉兰花。

面露风霜的计程车先生，无论生活如何艰难，想到家中妻女，便会露出微笑。

平凡的司机，街头的卖花太太，人间寻常的百姓，便能够带给人微小幸福之感。

村上春树把小而确切的幸福，称作小确幸。

我相信，每一个渺小、细微的小确幸，都是幸福的起点。

多一点感恩，少一点抱怨，日子似乎没那么难过，幸福仿佛不那么遥远。

如果你希望幸福长长久久，那么幸福就像一场长程马拉松，你必须能够时时感受到你的呼吸、你的心跳、你的温度，这样才能带你跑得远一点、久一点。

认真体会生活，感受爱，并且有能力将温暖传送出去，踏出这一步，我们就站在幸福的起点上。

新年第一道曙光，我想与你相约，站在幸福的起点，我们一起起跑！

沙漠里，我想起……

天空是清朗的，蔚蓝的色彩恰恰好是让人舒服透澈的淡蓝色。亮灿灿的阳光炙而不骄，几缕云絮轻飘在空中，悠悠淡淡。我穿过黄沙漫飞的小径，走过仙人掌为路树的大街，经过安检人员查看随身包包，最后进入火车站。

这一日，我准备从以色列南方的内盖夫沙漠小镇出发，前往大都市台拉维夫。

其实，这趟以色列之旅一年多前就该启程，因为一个五十集长篇电视剧的创作，让这个旅程延后了一年多。然而，这还是一个任性的旅程，我的剧本写作接近尾声但还未结束，旅程却已势在必行。我对电视台长官解释："剩下的剧本就在以色列某棵橄榄树下，我一定要亲自前往取回……"我一脸认真，电视台长官拿我没辄，只有放我远行。临行前，我信誓旦旦保证，天涯海角我都会准时交本。

这一天，我在以色列，如期用依媚儿将剧本交出，果真信守承诺在离台湾时差六小时的沙漠里交稿。故事进行到尾声，我刚刚在剧本里结束了一个女孩的生命。那个女孩叫作玉菁，在重考班里补习的她只有一个梦想，她想当大学生，捧着书漫步在大学的校园里。不幸的是，她在下课途中发生意外。因为肇事对方酒醉驾驶，玉菁在十九岁花样年华的年纪因为一场车祸而凋谢。

故事里，玉菁和我同一年出生。我，比她多活了好几年，漂流过几个国家，踏上她来不及探索的大地。之于我，这一日心里的磨难难以忽视。我刚刚结束了和我同年出生的她的生命，自由自在拎着包包在异国旅行。明明同样年纪，玉菁所不能达到的，我却在此刻独享，这样一想，我内心浮现一丝悲伤。

车厢里，陌生语言飘忽在耳边，一群年轻女大兵身材姣好，穿着英挺的军装，细细笑笑窝在一起聊天，坚长的步枪靠在椅边。还有三三两两乘客，互不相识，却是熟络地聊起天来，希伯来文充斥，我一个字也听不懂。

我转向窗外，火车正行在沙漠上，大地广袤，土黄的沙地无边无际，线条柔和起伏如胴体般圆滑，有一股温柔而宁静的力量蕴含其中。坐在靠窗位置的我，不能控制地，想到了另一个女子，我的朋友——堇。

堇要离开前一个月，给我打了电话，她听说我在学跳舞，叨叨地跟我念着，她也曾习舞，飞旋的瞬间总是让人迷离眷恋。然而她忧郁症缠身，严重失眠，莫名暴瘦，要站稳都很难，孱弱的体力再也无法旋转。“不管啦！下次我们一起跳舞好了。”堇径自下了邀约。

“嗯！”我虚应着，手边处理公事，没有留意到她言语中隐隐透出阴郁不安。

早已无法飞舞了啊！原来堇的生命，已经步伐不稳、摇摇欲坠，可惜没有人知道。

堇，和我同一年出生。她在刚满三十岁那年弃世。

此时此刻，我握着手中的车票，又一趟独自前往异域的旅程。沙漠、平原、矮林、流云、天光，一一从我眼前掠过。我来到世界另一个角落，堇知道吗？

每一回远行，看见美得令人屏息的景致，我总是想起堇。好几次我都想紧紧捉住堇，激动地质问她：你真的看够这个世界了吗？你确定再没有任何眷恋了吗？想要逃离这个世界的时候，我宁可堇买的是一张机票，而不是一条绳索。

堇、玉菁、我。三个女子，同样的年纪，如今处在不同的时空。因为一个回忆、一个剧本、一场旅行我们交会。

除了我，另外两个女子，一个是不小心离开了，一个是厌倦逃开了。

我们同时来到这个世界上，只有我还好好活着。

活着，与抛下，到底何者需要更大的勇气？

生时丽似夏花，死时美如秋叶。什么样的姿态，才是如秋叶般缤纷而优雅，毫无遗憾地告别？

是的，我将衰老。

我将会一步一步走在年华逝去的路上，眼睁睁看着青春不再、皮肤发皱、老人斑满布。

不可避免地，我要接受人世凄凉、世事移转，沧海桑田的惆怅。

就算我想撇头不看，命运也会拉着我，要我亲眼目睹人生里残忍不堪的种种片段。

于是我要在人世的日子里去经历痛彻心扉的悲伤，去体悟当头棒喝的心悸，去垂念悔不当初的懊恼。

比起玉菁和堇，我何其不幸。

然而，我又是何其幸运。

因为也只有我，可以看见世界在我眼前如万花筒般变化万千、惊喜连连。

只有我，可以体察人世里的那些黑暗却有光的片刻。

只有我，可以感受生活中微小却无限满足的幸福。

只有我，可以穿着舞鞋，踏上舞台，舞动自己的旋律。

我望着窗外，火车早已越过荒地，我已经远离南部的沙漠小镇，即将来到热带海洋城市。五颜六色的花园，丰美的农作物一一在路景展现，以色列有着顽强的生命力，努力要在沙漠开出一朵花，创造不可思议的奇迹。我相信每一个生命，都是奋力在荒芜的人生土地上撒种、栽花。直到上天给我们的时间终了，那一天，站在花园中，我们会看见这一生的成果。

很快地，台拉维夫到了。

走出车站，热辣辣的阳光不由分说涌上。高温烈日，人声鼎沸的车站，形形色色的人种、面貌、语言在我身边此起彼落。我睁大新奇的眼，望着活力旺盛的城市。

蓦地，我好似听见一个微小的声音在问我："旅人啊！你要往哪里去呢？"

我回头粲然一笑，然后我毫不犹豫大力转身，走进汹涌的人潮里，走进繁华的人世间。

那热闹的，又孤寂的；那华丽的，又苍凉的，就是我要去的地方啊！

青春，一场冰风暴

国中毕业那一年，青春像一头管不住的小兽，脱缰而出，她拉都拉不住。

她没再升学，执意搬出家里，与男友同居。一群年轻人，飙车、狂欢，以为这就是青春最灿烂的样貌。

没多久，她怀孕了，她觉得这就是爱的结晶，是上天给两人相爱最美的礼物。

挺着五个月的大肚子回家，父母开门，一脸错愕，却还是慈蔼地张开双臂迎接。她喜悦地说："我要把孩子生下来。"

肚子都那么大了，父母默默无言，只有心疼地要求："搬回家里来吧！这样爸妈好照顾你！"父亲开车载她回男友家打包，却看见男友车后载着另一个女生，亲亲搂搂。

她当下决定与男友分手，头也不回。

生产台上，父亲、母亲抓着她的手，陪着她阵痛。

孩子的爸爸没有出现。

那一天，阳光是什么温度她已经不记得，但是，她心里的冰寒永难忘怀。下腹每抽痛一阵，过往的荒唐回忆也跟着在脑海里摇晃。问她后不后悔，她一点也不，只有看见父母转身偷偷拭泪时，她感到歉然。

疼痛无限蔓延开来，渗入肌肤骨髓，她扯破喉咙哀嚎，孩子终于呱呱落地。

是个儿子呢！有和孩子爸爸一样的眉宇，可惜孩子再也没有爸爸。她以为两人相爱最美的礼物，如今静静躺在她怀里，只有她一个人珍惜。

就这样，她成了十六岁的未婚小妈妈。

十六岁的未婚小妈妈，究竟是幸还是不幸呢？

以前的她，飙车冲第一，比谁都猖狂，死了也无所谓，世界上多一个我、少一个我，一点都没差。

现在，望着孩子酣睡的笑容，像天使一样无邪，散发着光辉。她忽然感到前所未有的恐惧，她开始怕死，怕不能照顾孩子长大，她可不想让孩子没有爸爸又失去妈妈。于是，十六岁的她，随着孩子的落地，一起蜕变成长了。

她感觉自己应该对这个小生命负责。

她不再把放纵当潇洒，她爱惜自己的生命，因为她知道她的生命连接着另一个生命，她不能再任性妄为了。

她认真地找工作养孩子，但是国中毕业的学历，谋职不易。她曾经学琴，音感很好，于是她白天在餐厅当小妹，晚上在餐厅驻唱，假日教琴。为了赚更多的钱，她又转做女子美容按摩，白天穿梭在女体里，夜晚浑身酸痛抱着孩子唱催眠曲。

她还年轻，长长的头发、清秀的脸，身边不乏追求者。

"这么多人里，总有一个愿意真心疼我、爱我的吧！"她怀抱着希望。

没多久，她接受一个男人的戒指，而男人接受她的儿子。她的孩子终于有爸爸，她终于有一个家，不再是未婚单亲妈妈。

结婚典礼上，父亲执着她的手，牵她走过红毯。

"旷野上迷途的羔羊，总算还是找回来了啊！"父亲欣慰地微笑着。

从此，他们一家三口，过着幸福快乐的日子。

如果故事是这样结束，那么观众都松了一口气，这个青春古惑女的故事也符合一个浪子回头金不换的欢喜结局。

偏偏，人生的剧本往往一波三折，有时候，比俗烂的八点档更狗血千百倍。

婚后没多久，男人忽然变了个样，闲晃在家，开始吃她、喝她、花她、揍她。每次揍完她，就下跪痛哭，信誓旦旦要悔改，可是隔天的拳头依然孔武有力。

她被揍得昏头转向时，常常有一种不真切的感觉，天地都在旋转，世界瞬间瘫痪，她被遗弃在风暴里，狂风暴雪无情打落，她拖着孱弱的身躯，白茫茫的世界，不知道要往哪里去。

“我究竟做错了什么，需要这样被对待？

“只因为我年轻不懂事，踏错了步伐，所以需要这样被惩罚？

“谁来告诉我，踏错的步伐，怎么样可以再踏回来？”

昏涨的脑袋怎么都想不清楚，拳头持续不断落下，不分清晨、黑夜。

忍无可忍，她决定离婚，求男人放了她。男人恼羞成怒，威胁她的家人、孩子，甚至到工作场合恐吓她。

连“家暴”两个字都没听过的她，已经开始拿验伤单、找律师、上法院。她从来不知道，套上美丽的戒指很容易，要拔下，却是异常艰难。经过漫长的诉讼，她再度恢复单身。

伤痕累累的她，拎着皮箱，牵着孩子回家。父母开门，老泪纵横，仍旧慈蔼地张开双臂迎接。

这一年，她才二十岁。这次，她成了失婚的单亲妈妈。

如果她从此一蹶不振，如果她感到忿忿不平，如果她渐渐放弃了生命，我们除了惋惜，也或许一点都不会感到意外。

可喜可贺的是，她有着旺盛的生命力，这个青春剧本，一路走来狂颠不已，让她摔得鼻青脸肿，但是她不服，她是女主角，她要扭转她的人生，改变故事走向。

“我一点也不觉得我的人生就该如此！我的确是做了许多不聪明的决定，但是我有承担错误的勇气。”她说。

生命的脚步，如果踏错了，就勇敢把它踏回来。

如果步步错呢？那就步步回头！一失足，不一定要成千古恨。

凭着一股不服输的毅力，她白天工作，晚上念商职夜间部。之后，再升学四技夜间部，然后插班考入大学会计系，立志做一名会计师。求学路曾经中断过，她不愿再错过，虽然走得辛苦，过程曲折，但是她甘之如饴。如今她的儿子读小学，她在读大学，母子都是学生，放学回家后两个人一起做作业。

就在一份作业中，我看到她与儿子的合照。她说，儿子是她生命中的天使，让她狂奔的青春，找到栖身之所。

“我相信我的人生会越来越好！被打得半死、被威胁的日子我都熬过来了，不会有更惨的时候了，接下来的人生只会更好！”她开朗地说。

“有没有什么我可以帮助你的？”

“不用啦！我从进大学以来，每个老师、同学都热心想帮忙我，其实我一点都不需要人家帮助啊！我儿子十八岁的时候，我才三十几岁，前程似锦呢！”她仰着头，笑着对我说。

青春的冰风暴过去了，雪融之后，无限的生机蠢蠢欲动，争着要出头呢！

看不见的光

这一天，万里无云。

这一天，阳光普照。

这一天和往常每一天没什么不同。

但是这一天，是他重要的一天。

也或许不久之后，他将知道，这个重要的一天，不仅仅牵动他，更牵动了一些人，一些他从来没有见过面，但却即将被他深深撼动的人。

早上十点，他出现在校园里，穿得比平常更整齐。他脚步缓慢但笃定，很早就进了教室，如同往常一样，走到第一排第五个位置，将他的手杖折叠收起，端端正正坐好，等待上课铃声响起。

为了这一天，他已经花了几个月，整整一个学期的时间来准备。他双手微微发抖，掩不住紧张的情绪，手中捏着一张稿纸，呼吸渐渐急促。

其实，他并没有要做什么惊天动地的大事情，不过是，他将在这课堂，站上讲台对着台下一百多个同学，说话五分钟。

是的，只是，说话五分钟而已。

他是我的学生。

和一般学生的年纪一样。

不一样的是，他看不见。

他第一天进这间教室的时候，我正低着头整理文件，一抬头，他已经站在我身边。他一直温暖地对我笑着，但他的眼睛空洞，没有光芒，看起来甚至有点失焦模糊。

我确定他是朝着我看，但我又不敢那么确定他真的是在看我，而这么温暖亲切的笑容是为什么？难道他认识我？

“我们见过面吗？”我困惑地问。但下一秒，我忽然猜到什么，当下就后悔问了这个冒昧的问题。

“现在就是见面，虽然我不真的看得见。”他幽默地说。

就这样，他成了我最特别的学生，成了……我的疑惑。

我疑惑的是看得见与看不见的学生，处在同样差不多的年纪，是不是该有差不多的烦恼？不，我哀伤地觉得，他看不见，连一道光都无法感受，缤纷亮丽的色彩都与他无关，如果哀叹人生是黑白的，还有谁活得比他更黑暗？

然而，放眼望去，看看其他的学生，似乎也没有谁觉得自己的人生有彩色到哪里去。每一个人，都有一段时候，莫名其妙跌进某个看不见光的状态里，幽幽暗暗，恍恍惚惚。

最常听到的迷惑是：

“毕业后到底要干吗？我考不上研究所，也没钱出国，但是要找工作，又不知道要做什么，人生好茫然啊！”

“我的室友排挤我，我现在每天都好晚才回宿舍，也没人跟我讲话，我好孤单，一个朋友也没有……”

“我父母根本不了解我，我想走的路，跟他们想的不一样，他们为什么要这么霸道？做父母的不该尊重孩子的选择吗？”

“我男朋友他爱上别人了，我好痛苦，一直哭，一直瘦，我真的难过得活不下去了……”

看得见的人都看不见光了，那么已经看不见的他，又看见了什么？他有些什么烦恼？同样觉得自己活得不快乐、对现状不满意、对未来很茫然，哎哎哟哟、垂头叹气吗？

课堂上，他随身携带录音笔，将我讲的话录下来，回家反复重听。想读一本书，必须要家人逐字逐句念给他听，别人几小时读完的书，他花了两个月。光是学习就这么波折，更何况是庞大的人生？

他是否比别人更有资格理直气壮地去责怪命运的不公平？

许多我问不出口的疑惑，在他上台的五分钟，我找到了答案。

一开始就说好只是一个随意的谈天，小小练习在一百多个人面前讲话，不严肃，也无需有压力，要聊什么都行。但是，他仍然仔仔细细拟了稿子，起承转合，小心翼翼，很守规矩的那一种。

“这不是演讲，当作是谈天，不用这么正式，放轻松一点，自在地说你想说的话就好。”我鼓励他。

“不行，我一定要带稿子。”他很坚持，将稿子捏得更紧。

“好吧！”我没辄。

我扶着他走向舞台，半环形阶梯教室，坐着满满的学生，一百多双眼睛盯着他，有讶然有同情有好奇有心疼。

台前准备好一张椅子，我牵引着他去触摸椅子，他摸索到椅背，找到方向，缓缓坐下来。

从台下到台上，其实仅有约莫十步的距离而已，但他吃力地走了好久。

他坐得端端正正，背脊打得很直，双手微微在颤抖。不一会，他又开口：“薇老师，我需要用两只手摸点字稿……”

“好，我帮你拿麦克风。”

于是，我坐在他旁边，用手帮他支撑麦克风贴近他嘴边，他的双手游走在点字稿上，凹凹凸凸的稿件公然呈现在我面前，却是一张无字天书。

我知道，光是这个走上台、拉椅子坐下、双手摸讲稿的一小段漫长历程，已经让台下一百多个不曾在成长过程中接触过盲生的同学，感到震撼。当然，也包括我，我的求学过程中，也很遗憾未曾拥有与盲生共同求学的经验。

这间教室如今是屏气凝神，连空气的粒子都安静，没人发出一点声响，观众带着崇敬而认真的神情，在观看一场神圣的演出。

他清清喉咙，声音有点艰难，语调有点生涩，但很认真地一个字一个字开始念了：

……前一阵子，台风来袭，新闻里不断报道着哪里的房子淹水了，哪里的树倒了，哪里的桥断了，还有几条人命丧失了。每当天灾的时候，我格外觉得人的渺小。就是因为人的生命这么渺小，才更要特别珍惜。

我看不见，但是我很庆幸我可以听见风的声音，我可以分辨出风吹起窗帘的声音和风吹过树梢的声音有什么不同。我不但听见风的声音，还可以感觉光的温度，我的皮肤就是一个温度探测计。

有时候我听新闻，新闻常常报道有人失恋就自杀，破产就跳楼，我总是不能理解。蝼蚁尚且偷生，人为什么要轻生？

当他说到“蝼蚁尚且偷生”的时候，台下扬起一阵轻微的骚动笑声，这是个对大家来说稍嫌正经的词汇。

他继续缓慢地摸着点字稿，相当注重抑扬顿挫，一丝不苟接着念：

这个人不爱你，难道你不能给别人爱吗？没有钱，难道不能去赚钱吗？我虽然看不见，但是我四肢健全，无论如何我都不会放弃我想做的事情……

他的五分钟结束了。

台下的学生，竟有人拿出卫生纸，悄悄拭泪。

然后，回响开始一个一个热烈地冒了出来。

“其实我早就知道你了，有一次，我在捷运上看见你，我当时很想走上前，跟你说加油，可是我好害羞。”

“我想跟你说谢谢，你让我觉得，我还可以更努力，一点挫折好像也没什么……”

“其实你不用讲稿，可以再大胆一点、奔放一点，我们相信你可以讲得非常好……”

他的两颊红了起来，面对这么多交流，他有些受宠若惊，脸上流露出掩不住的喜悦。

课后，他走来跟我说话。

“薇老师，我想告诉你一个秘密。”

“什么秘密？”我好奇。

“我为什么坚持拿着讲稿的原因。”

“好，你说。”

“因为我内心很害怕，我跟大家不一样，当危险发生的时候，我看不见危险。这门课教创意，告诉我们要热爱生活，要打破规矩，可是我只能选择小心翼翼与墨守成规。我知道一旦跨过规矩与界线，我就会处在危险中，所以我没办法放下我的稿子……没有这张纸，我就会讲不出话……”

原来是这样，我拍拍他：“谢谢你愿意尝试在这么多同学面前说话，你已经很勇敢地跨出一步了。”我又补了一句，“而且，很成功。”

他有点害羞，嗫嚅着说：“薇老师，我从小没有看见过别人，不太能感受别人在我世界里的意义。我只知道要很努力地做好自己，我也一直以为，只要能顾好自己就好了。从来不晓得，原来我也有力量可以给别人带来影响……”他好似难以承受今日空前的回响。

我歪着头想了一下，开口问他：“你刚刚不是说，你很能感受光吗？”

“嗯！真的！像特异功能那样，无论多么微小的光芒，我都可以感受到！”他得意地点点头。

“那……无论多么微小的光芒，只要发光，就会有温度的，是不是呢？”我笑着说。

他听懂了，也笑了。那双眼睛仍是失焦模糊，可是那个笑容却清晰无比。

有些时候，光并不知道自己是光。

我看见一道光，这道光看不见他的光芒，但他确实在闪耀。

这一天和往常每一天没什么不同。

但是在这一天，我看见了：一道看不见的光。

夏夜晚风谋杀案

初夏的夜晚，台北市区的巷弄里，一间饶富异国风味的庭园餐厅里，四位女子附庸风雅吃着意大利面，夏夜晚风习习，风中飘散淡淡鸡蛋花的香味。茶余饭后，清风明月，美丽的夜晚，四位女子正在进行的话题竟是：谁最该死。

四个女子分别是：

我，多重思考症候群患者，编故事为生。

仙姑娜娜，堪称全台北最娇媚的庙婆。

米兰达，相夫教子、幸福美满的家庭主妇。

羽菲，以前是空姐，如今是政党高层的美艳机要秘书。

这场聚会里原本来还有一个成员，叫作罗叶，性格中性的网络女新贵，但她没有出现。

曾经我们五个人，大学时代住在编号一〇八的女生宿舍里，朝夕相处、同床共枕，我们自行号称“闪亮五女子”。

“谁最该死”的话题开始得很偶然，随意闲聊中，米兰达问我，下半年有些什么计划？我回答：“我下半年想来写个故事。”

“什么故事？”

“可能写五个女子的故事吧……”

“里面有我们吗？”米兰达瞪大眼睛，一脸兴奋。

“或许吧……”我说得不那么肯定。

“什么‘或许’啊！这么好的事干吗不早讲！”羽菲用力拍了我，“哇，我变成女主角咧！”她用发梦一般的语气嚷嚷着。

这可让我苦恼了。

唉，我还没透露这个消息的原因有两个。

其一：故事是故事，现实是现实，我说要构思一个五女子的故事，但也不尽然就是我们闪亮五女子的故事。只能说，某些角色的特质，有闪亮五女子的某些影子，成分不高，而且，故事就是故事嘛！

其二：这不尽然是件好消息，因为我感觉，这个故事里，可能、或许、大概有一个角色该死，但我还不能确定是谁……

不过，既然有人问起了，既然这是可能发表的故事，既然闪亮五女子里面，可能、或许、大概有一个生命会被剥夺，那么，我得趁着将来大家对号入座之前，做些什么吧？免得到时候平地一声雷，被砍死的可能是我。

况且，我要活生生杀死一个人，这可不是开玩笑的。我想，我必须善尽告知大家的义务，顺便听听大家的意见。

忽然间，我们几个人，集体参与一桩谋杀案，热热烈烈商量起究竟谁该死、谁不该死。

“让罗叶死好了。”羽菲笑盈盈地。

“为什么？”

“谁叫她没良心，今天竟然缺席，难得的姊妹会耶！她没来，死不足惜，活该！”羽菲掩着嘴笑，拢了拢她浪漫的大波浪头，接着说，“至少，该死的不会是我，我才不要死哩！我活得快乐得不得了，还没玩够！”

这句话真的很羽菲，她一直异常乐天，魅力十足，追求者从没断过，向来是群体中的激励者。

羽菲还没笑完，仙姑娜娜打断了她，悠悠地开口了，她用极为平静的语调：“让我死。”

我们全转向她，娜娜眼中有着笃定的坚持。

“你？”我讶异地问。

娜娜再次点点头。

“为什么？”

“我是仙姑，我该不该死，我最清楚。”

“那你为什么该死？”羽菲好奇。

“因为我很——努——力——了！”娜娜有点激动，“对于人生，我真的已经……很努力了……”

“娜娜……”我望着她，内心有股心疼，一时语塞。

娜娜的家庭不是很稳定，父亲中风病痛缠身，弟弟叛逆失业。父亲是庙公，娜娜算继承家业，年纪轻轻就成为庙婆，八字命盘、紫微星象，全都难不倒她。而她可没有一点市侩老成的气味，娇柔面容，偶尔还透出一点纯真。娜娜一路打工、养家，操心父母、担忧弟弟，作为一个好女儿、好姊姊，她无可挑剔，鞠躬尽瘁。

“我的人生，到目前为止，不管好或不好，我都认了，至少我已经很努力了。所以，让我死吧！我很想知道，在另一个世界，我可不可以过得快乐一点？”娜娜恳求地望着我，眼中充满期待。

我有点不知所措。说实在的，我没想到一顿愉快的夏夜晚餐，会勾起这样深沉的无奈。

就在此时，我耳边飘来另一个坚定的声音。

“让我死。”是米兰达！我不敢相信，竟是相夫教子、幸福美满的米兰达。

米兰达斩钉截铁再说一次：“我最应该死。”

我们都惊骇不已，为什么？

米兰达目前的人生，在世俗条件看来，已经好到不能再好了。

米兰达上大学后遇见先生，两人是班对，男方家境优裕，毕业后，男方家长出资让两人一同出国留学，一去就去了两年，念书兼旅游，两人携手天涯，跑遍大半个地球。

学成归国后，一栋崭新的别墅已经装潢好，送给他们当婚后新窝。夫家爱屋及乌，公公还购置一间房子安顿米兰达的寡母，让她婆家娘家一家亲。

米兰达如今生了两个健康活泼的孩子，公婆疼爱入心，先生呵护备至，一家和乐，米兰达过着小贵妇的生活。

我们简直想不透，这样的米兰达，为什么想要死？

就在我们疑惑的当口，米兰达忽然眼眶泛泪，她说："让我死，而且我希望是在我们全家出游之后，让我出车祸，让我一个人死，只要留下我的先生、儿子就好。"

"为什么？这样他们不是很可怜吗？先生失去爱妻？小孩失去母亲？"

米兰达哽咽着，几乎无法开口回答。

仙姑娜娜怯生生地问："米兰达……你……不快乐吗？"

"怎么可能？"羽菲马上驳斥了这个猜测，说，"米兰达过的是人人称羡的人生！太幸福了！"

"就是因为太幸福了，所以我可以死了。因为只有我的人生到目前为止没有遗憾。"米兰达嘴里说着幸福，眼泪却止不住，大把大把流下来……

我们被她突如其来的情绪震住，忍不住都跟着红了眼眶。

"米兰达，你不要这样……"我低声安慰着，声音哑了，拭泪。

"我不晓得我的人生还要追寻什么？我太幸福了，现在就让我死去，我都会微笑……"

不知道为什么，我望着米兰达笑着流泪的面容，竟好似看见一股巨大的失落。

没有人会责怪米兰达生在福中不知福。快乐、悲伤、沮丧、幸福，人生的各种滋味是相对比较而来，“一直不幸”与“一直幸福”，在某种角度看来，它都是一种缺憾。从大学开始一路幸福到无可复加的程度，也会让人感到不安。

米兰达已经不知道还有什么事情可以让她感到期待，什么又会是悲伤的感觉？

当所有美好的事物，都唾手可得，失去为人生战斗的动力，到底为了什么还要活下去呢？

到底谁该死？

不快乐的该死？还是太幸福的该死？

太努力的该死？还是不用努力的该死？

我到现在都没有答案。

只是那个夜晚，那个当下，那个让所有人都落泪的始作俑者，就是我。

因为这样，我感到无比愧疚，我深深觉得，也许，写故事的我，最该死。

公主养成训练班

“薇薇，你不要忘记我喔！”我怀中，有个女孩正紧紧搂着我。

“好啦！我知道啦！你才去四个多月，不用这样依依不舍啦！”我安抚地拍拍她。

她万般不舍地离开我怀中，不一会，猛地，又再度大力扑上来！

“会不会我从国外回来，你就不记得我了？”她梨花带泪地望着我。

“不会啦！”我好言好语哄着。

在我家的客厅，我与这个女孩正上演着十八相送的戏码。

女孩叫珂珂，二十多岁，大学刚毕业，即将出发去美国，在环球影城打工留学四个月。为了这趟她生命中第一趟远行，她存钱存了半年，才有钱支付机票费。

珂珂是我课堂上的学生，皮肤白嫩，笑起来脸上有小小的酒窝，长长的头发染成褐色，眼睫毛又黑又长，洋溢着少女的青春气息。比起同年龄的女孩，珂珂有一股难以言喻的稚气，每回下课，她总缠着我讲话，而且，始终一副过度亢奋的样子，很容易就很激动，双颊不时便染上绯红。

不但如此，珂珂声音细细柔柔的，很好听，非常会撒娇，娇滴滴、甜蜜蜜的样子，好像一个备受疼爱的小公主。我以为，她应该是出生在一个充满爱的家庭，掌上明珠，被捧着长大的娇娇女。

但显然我想错了……

有一次放学，我要去搭捷运，不远处正巧看见她远远走来，只是她走起路来一拐一拐，眼睛红红的，显然刚哭过。

“薇薇……”她看到我，喊了我，声音十分可怜。

“怎么啦？”我问。

“我脚痛……”

“扭到吗？看医生了吗？”

“看了。”

“现在呢？赶快回家休息吧！”

“我不能回家。”

“为什么？”

“我现在要赶去牛排店打工。”

我们相伴一起搭乘捷运，一路上的聊天，我才知道，珂珂在单亲家庭长大，三岁以后没见过父亲。

妈妈后来遇到一位对她们很好的叔叔，叔叔照顾她们母女，让她们经济不虞匮乏，像父亲那样呵护着珂珂长大。珂珂都喊叔叔“爸爸”。一家三口虽然不是血亲，但仍算幸福和乐。

如果要说有什么美中不足的遗憾，便是这个叔叔，同时也是别人的爸爸，他本来就有家庭的。

叔叔在几年前生病逝世，发妻这时才得知家外头还有珂珂母女的存在。两个女人为一个已逝的男人大打出手、吵闹不休，珂珂提早面对人生的酸楚滋味。

妈妈因为长年受叔叔照料，几乎没有谋生能力，幸亏朋友介绍，才找到餐厅服务员的工作。偏偏这个职缺在外县市，妈妈为了生计，不得不去。从此，珂珂一个人留在台北，独居在北投，母女两人每个月见一次面，来去匆匆。

所以，珂珂没有兄弟姊妹，没有爸爸，妈妈在外地工作，她一个人，自己长大。我心疼地望着珂珂，这个女孩眼神中始终透露天真与稚嫩，丝毫没有一丝苍凉老成。

珂珂落寞地对我说：“薇薇，有时候我好希望，我是一个公主，偏偏我不是……”

珂珂的大学是助学贷款，课余在牛排馆当小妹，再兼两个家教，日子填充得十分忙碌疲累。

这一天，她哭，是因为她脚痛，但是不敢请假，还是要日复一日站在牛排馆端盘子。

我可以为她分担些什么？我可以如何帮助她？直接给她金

钱，但这不是一个妥善的方式，要收获，先必须学会耕耘。给她鱼，不如教她钓鱼。

干脆我来雇用她？给她一份工作？可是大部分时间我只是一个宅女作家，实在想不出有什么工作可以让她帮忙。想了半天，干脆请她帮忙我更新部落格好了。

“珂珂，你想不想当薇薇的小帮手？”

“超级想！”她点头如捣蒜。

我的想法是，她一天花一小时更新部落格，学习简单的内容编辑概念，然后一天阅读一篇世界新闻，增广见闻，而所获得的工读金让她一个月可以少排几天牛排馆的劳力工作。于是，我在大学兼任讲课的每月钟点费，分给她。（别咋舌，如果稍微了解大学兼任讲师的钟点费有多么低廉，就知道我出手并不阔绰。）

我们就这样达成协议。

珂珂与我忽然拉近距离，互动密切，从课堂延伸到生活。

某天，珂珂来我家玩，刚进门就将袜子脱了乱抛，包包随手乱放。那天，珂珂不想回家，反正她家里也没人，她闹着要留在我家看 DVD 过夜，于是她先去洗澡。洗完澡，换我进浴室，我看见瓶瓶罐罐没有一样归回原位，洗个澡跟打了一场混仗一样。

当晚，珂珂借了我的睡衣。

隔天清晨，我在厨房做早餐，珂珂进浴室梳洗。等我再回卧房，看见眼前的画面是这样：珂珂将睡衣随手一脱就丢在床铺，连翻回正面都不会。床上的棉被呈现一个隆起的洞，猜得没错的话，应该是人爬出来，跳下床，就懒得摊平。

我的妈呀！这个小女生！我一边着手整理床铺，一边恨得牙痒痒。

珂珂很像是电影《窈窕淑女》里面，那个让人头疼的街头卖花女。怎么样可以在不伤她自尊心的情形下纠正她呢？

“啦啦啦——”珂珂快乐的歌声从浴室传来，我正掩着鼻、手伸得长长，捡起她昨天塞在角落的袜子……

忽然，我想到了！既然她这么想当公主，那我就用公主的品格来教育她吧！

早餐时光，桌上洁白的餐盘与刀叉，空气中飘荡着钢琴乐曲，有一点高贵的气氛。

“哇！好像公主的早餐喔！”珂珂兴奋乱喊。

“是啊！因为珂珂就是一个小公主啊！”太好了，正中下怀。

“真的吗？”

“嗯！”我点头，又接着说，“不过，还差一点点……”

“为什么？”

“因为公主有着优雅的气质，公主不会乱丢袜子。还有，公主睡醒以后，会将睡衣折叠整齐，放好。”

“是喔！可是我在家里也是这样啊！”她一脸无邪。

“但是公主不行这样喔！而且如果公主到别人家做客，还会帮忙把床铺整理好。”

“是喔！可是我在自己家里都不用折棉被耶！”当然，因为家里只有她一个，她爱怎么过，就怎么过。

“但是珂珂，如果是薇薇到别人家做客，我会把借来的睡衣折好，也会帮别人把床铺整理好，然后客客气气跟人家说谢谢。”

“是喔，我没有想过这么多耶！”她继续少根筋地对我说，大气都不喘一下。吼！

我忍不住提醒她：“公主可以很天真，但是天真过头就是无礼喔！”

有阵子，珂珂的工作态度漫不经心，让我颇为不悦；有时候，她甚至会耍赖，请别人帮忙她做事。或者，她犯了过错，唠叨她两句，她就撒娇诿过，但是下一次一样再犯。终于有一回，我发火了。

“不要只会撒娇！”我严厉地说。

“撒娇不对吗？我每次撒娇，就会有同学帮忙我做事哩！”

“珂珂，你长得很可爱，没人会忍心拒绝你。但是高贵的公主有能力给予，无理的公主只要求奉献。只靠撒娇，不培养实力，不会走得长远。”

“喔！”她闷闷不乐。

“尤其是，不能每次犯错都用撒娇蒙混过去！”

“可是撒娇你就不会生气啊！”

“我只是当下没有生气，可是你下次再犯同样的错误，我就会很失望。”

“是喔！”

“撒娇只会让别人第一次的时候原谅你，第二次的时候开始不信任你。”

“是喔！”

“嗯，公主坦承错误，但也会优雅改过。”

“好吧！”她轻快地说。

后来，一个机缘下，我介绍她去文学性的出版社当工读生，她不需要再用瘦弱的手端盘子了！

不过，头几天，她天天跟我抱怨，“这工作好无聊，都是书……做的事情很琐碎……一下要联络作者，一下要跑邮局，没事的时候总编辑就叫我看书……那些书，都不是我平常会看的，好不想做喔！”

我跟珂珂说：“公主做事情，有坚忍的韧性，不会随便就放弃。等你做了三个月再说！”

“三个月！”她惊呼！好似嫌太久了！

我耐下性子，半哄半骗说：“珂珂，你知道吗？公主是有智慧的。智慧来自于知识，知识来自于阅读。如果你心里头有丰富的知识，你就不会害怕犹疑，你就会有一种气定神闲的从容。那是一种只有公主才会拥有的，非常迷人高贵的格调喔！”

珂珂想了一会，眼睛骨碌碌地转着，终于她妥协了：“好吧！三个月！”

三个月后，珂珂抱着我，红扑扑的小脸洋溢着兴奋，告诉我她有多么喜欢在出版社工作，现在每天阅读好多书，还跟出版社同事去看电影、逛展览、参加各种艺文活动，好似看见了另外一个世界。

不知道为什么，那一瞬间，她笑得好灿烂，我却有种想落泪的冲动。只是这个泪水是喜悦，我忽然有一种，孩子长大了的感觉！但我其实只大她八岁。

珂珂，是我的学生。我的公主女孩。

在我认识她两年后，终于这个女孩长大了呢！

她自己参加暑期海外打工的出国计划，自己去报名、甄选、面试，学着买机票、订机位、选行李箱。

她告诉我，她要勇敢踏出去，看看外面的世界。

“好啊！公主要去巡访世界，进行国民外交啰！”我鼓励她。

出发前，她在我家窝了整晚，夜深了，她即将离去，她说：“薇薇，我好爱你喔！离开你这么久，我会想你耶！”看，又开始甜言蜜语了。

“很快你就回来啦！”

“我可以跟你要一个东西带去美国吗？”她眼露哀求。

“好啊，你要什么东西？”

她在我家巡视一圈，终于她找到她要的东西了。

“抱枕？”我纳闷地，“你要我客厅的抱枕干吗啊？”

“薇薇你都抱着这个抱枕看电视吗？”

“是啊！”我说。

珂珂一把将这个抱枕搂进怀里，死命紧紧地抱着。她夸张地说："这个抱枕有薇薇的味道。可不可以让我带走？我要在美国，抱着有薇薇味道的抱枕睡觉！"

又在撒娇了！

这一次，还用甜死人不偿命的那种甜度！

如果，这世界上有一种公主养成训练班，那么亲爱的珂珂，我的公主女孩，你已经毕业了。

抱一个，我亲爱的公主女孩！

你的高雅与你的出生无关。你是公主来自于你的涵养。

当你有了公主的品格，那么天涯海角都是你的王国！

你会发现世界多么的大，每个人都可以在你慈悲的胸怀里承你所爱，世界又多么的小，小到你一个人就可以自在。

我亲爱的公主女孩，走出你的城堡，走向世界辽阔的土地。

不用犹疑，无须恐惧。

无论你何时回头，会发现还有我，在这里，对你微笑。

抱一个，我亲爱的公主女孩！

春心荡漾后遗症

不知道从什么时候开始，我的身边旷男怨女纷纷冒出头。

旷男怨女的感觉像什么？大约就是元曲马致远的《天净沙》写的那种意象。

孤单的男子瞭望着前方寂寥的旷野，举目所及是：枯藤、老树、昏鸦。

孤单的女子憧憬着远方美丽的景象，渴望拥有：小桥、流水、人家。

可惜啊！单身男女望望自己的身边，冷不防一阵寒风吹过，落叶飘下，真不敢相信，周遭只有古道、西风、瘦马……内心不禁悲鸣着：这漂泊的生涯什么时候才能结束？萧瑟的季节什么时候过去……

于是，一个一个旷男怨女就变成了“断肠人在天涯”（忍不住掬下两滴泪……）。

我身边有一些这样的朋友，三十岁上下的年纪，有过几段感情经验，不生嫩，算清醒。这些朋友都很优秀，起码在工作上认真，表现不俗。人品上诚恳善良，有些还活泼大方，面对人生乐观开朗。但他们没有恋人，原因不明。这些朋友多半有固定的生活模式与交友圈，今天明天这样过，如果没有意外，明年后年大概也不会有改变。

要说他们眼光太高，他们觉得只是没有遇到。生活圈固定，难以扩展新的世界。这些旷男怨女努力活得精彩，却又难以掩饰对爱情既期待又害怕受伤害。

我实在无法容忍这样低迷的气氛。于是，春暖花开的春天，我决定来盛大举办一场春心荡漾 Party。不为什么，就为我身边一大群优质诚恳，但却孤单的朋友们。我的邀请函是这么写的：

春天来了吗？

春天来了来了。

在哪里？在缤纷的花园里，在碧绿的草原上，还是在你的心里？

嘻嘻，我说，春天就在薇薇家里！

来参加 Party 的人，必须带礼物来交换。条件如下：

请带一份九十九元以内，有春天气息的礼物来交换。

至于什么是春天气息哩？你说了是，就是。

九十九，要让春天的温暖在心里长长久久！

Party 热闹成功，交换礼物的时候有人直接带来一束新鲜的百合花，有人带衣物香氛袋，是春天的香味。有人带海滩鞋，带《春之雪》DVD，有人带乐高玩具，因为童年是人生四季的春天，玩玩具可以回归青春。还有朋友很暧昧地带来帝王液，神秘兮兮拿出来亮相后，笑倒众人。整个夜晚，春色十足。

一场 Party 不能改变什么，可是生活里，不需要连续八个周末都窝在家里看电视。放假不用都是擦地洗衣、上健身房、进电影院。

闲暇之余不要只会逗姊姊的小孩玩，天气晴朗的午后不该只是出外去遛狗。

春天来了呀！总得走出门，才能让春风吻上脸颊嘛！

这个春风，可能是一场爱情，可能是一段友谊，可能是生活里一个新鲜的体验，怡然的、明媚的、心花朵朵开的。

Party 人群散去，我腰酸背痛在清扫房子时，我不知道已经有一阵春风，悄悄吻上了阿德。

在某个赶剧本到神智不清的夜里，阿德突然来电。

“谢谢你邀请我去你家的 Party。”

“不客气啦！你小学流鼻涕的时候我就认识你了，不用这么见外啦！”阿德是我的小学同学，目前在地方法院服务，渴望安顿下来，结婚生子，但他说他丧失爱的能力已经多年。

“为了感谢你，你出版新书的时候，我要买两百本来分送亲朋好友。”

什么！两白本吗？

原本满脑袋混沌的我，整个人忽然就清醒了。

“你确定？”我兴奋不已。

“真的！”

哇！真是够义气的好朋友！同学没有白当。

“我是真的很感谢、很感谢、很感谢你，邀请我参加这么有趣的 Party。”他不断重复着感谢，让我实在纳闷，我可没有爱心募款，捐土卖地送给他。

停顿一阵后，他很慎重地说：“薇，我想，在你家，我看到她了……”

“她？谁啊？”

“那个对的人。”阿德正经地说。

让阿德心动的“对的人”，是我的高中同学。温柔娴静，美丽有智慧，没有男友已经一年。

“哗！要是你们约会成功，你要买两百本喔！”我开玩笑叫嚷着，阿德竟然很认真地回答我，“三百本！”

“此话当真？”我简直乐不可支。

“君子无戏言！”过了一会，他有点难以启齿地说：“不过，我想请你帮帮忙，我很久没恋爱了，实在不太知道你们女生怎么想的……”阿德上一次恋爱约莫是史前时代。

“那有什么问题，你要是有什么问题尽管来问我。女生怎么想喔，问我就对了！”我夸下海口。

老天！其实我常常也不知道我自己在想什么耶……

不过，我是很负责任的 Party 主人，春心荡漾 Party 的余波荡漾，我得负起全责才行。

此后，每天我只要一上 MSN，阿德的讯息马上丢过来，非常细致的跟我报告他的心情转折，包括：他的心跳、他的失眠、他跟她讲话的语气，当然还有，她的回应、她的用词，甚至 MSN 上她回复他讯息的速度是快还是慢……

我知道他很在乎，真的很在乎。

有一天，我正在计程车上赶着去开会，接到他的电话，十万火急地问我："我昨天晚上打电话给她，可是她的手机没有接，那我今天还要不要打？"

"想打就打，不想打就不要打啊！"我莫名其妙。

"那我连续两天打电话给她，她会不会讨厌我？"

"应该不会只因为两通电话而讨厌你。"我的开会快迟到了……

"我约她这周日见面，可是她说她很忙，那是什么意思？"

"就是……她很忙的意思。"我耐下性子继续回答。

他们出去过一次，去淡水看夕阳，还一起走过了渔人码头的情人桥。"薇，走过情人桥的时候，我都压抑自己不要去提'情人桥'这三个字，怕她敏感。"

路上经过一间酒吧，听见里面歌者在唱歌，是戴爱玲的《对的人》。他觉得是老天爷放给他听的，是个命运的征兆。

那次见面后，女方在 MSN 上礼貌写了一句，"谢谢你带我去看夕阳。"不到十个字的短短一句话，让他感动到几乎要哭了。

"心情放自然嘛！"我说。

阿德回我："自然是指吃得下、睡得着，可是我吃不下也睡不着，怎么自然？"

于是，半夜三点，他继续在 MSN 上敲着我。唉，恋爱的人是他，怎么我跟着不成眠啊？

一个月过后，我简直想要抓着阿德的肩膀，狠狠大力地摇晃他：拜托你给我放轻松一点！

我猜想阿德的心情，很像是在机场等待他的伙伴，等了很久，发现别人的伙伴都来了，他的却迟迟未出现。忽然看见等候已久伙伴的身影，他狂喜得不知如何是好。又像是，一个离家过久的游子，忽然可以接近梦寐以求的家园，那种近乡情怯，不知所措的慌张。

"也许是我以为我的春天来了，所以迫不及待去把未发芽的花朵给拔了出来。没想到美丽的花朵其实需要时间好好去灌溉生长，只能顺其自然，急不得。"阿德沮丧地说。

因为很害怕春天真的来了，反而变得很不自然。冬天的衣服该不该收起来？今天出太阳，那么明天也是吗？些微现象就躁动不安，患得患失。

"你不要这么苦恼了，要不要我帮你去探探她的意思呢？"

"不要不要！"他赶忙拒绝，"我想我无形中一直在给她压力，还没开始就把她吓跑了。"

"她什么也没有说，也许没这么糟。"

"我知道是我自己搞砸了……"

“你不要这么自责嘛！”我安慰着。

春天来了吗？放轻松、放自然，春风吹过的时候，该是神清气爽，不是神经紧绷。

如果这阵风不是你该拥有的，那么你起码应该感谢春风曾经吻上你的脸。

“遇见她，至少让我知道，我心还是活的，原来我还是会悸动。”阿德释然地说。

春天来了吗？

来了来了，在哪里？在缤纷的花园里，在碧绿的草原上，在我的家里！这阵春风从我家吹起，轻轻柔柔飘送出去，吹起一点兴奋、一点喜悦、一点伤神、一点惆怅，我感觉有趣极了。

阿德怪不好意思地搔着头：“这个月一直这样烦你闹你，我看你以后不敢再热情办 Party 了吧？”

不敢？哼！真是小看我了。

春心荡漾 Party，还办不办？办！办！办！

还有秋心荡漾 Party、夏日清凉 Party、冬季暖暖 Party……

一年四季，春天的温暖都要在心里长长久久。

吉儿的豪宅生活

吉儿是餐厅老板娘，同时也是一位业余画家。她生性浪漫又带着古代侠女的心肠，个性豪爽大方，敢爱敢恨，是很有个性的女子。吉儿隔三差五就会吆喝我们这群朋友在她的小窝聚会。她总是费心为我们烹煮满桌好菜，大家聚在一起大快朵颐，喝红酒、聊天、听音乐，欣赏她最新的画作，不到夜半三更不散会。

吉儿的小窝位在城市边缘的一间旧公寓，吉儿很有居家布置的天分，小巧的房子里处处是惊喜与巧思。藤蔓、花朵，雅致的水晶灯，仿古的木桌，充满灵气的绘画，妆点成吉儿小窝独特的艺术风貌。我们爱极了这个空间，来到吉儿家，跟回家一样自在。

近年来，吉儿恋爱了，对方是豪门。一番追求后，吉儿点头答应结束餐厅的营业，搬出小窝，搬进千万豪宅里，成为豪宅女主人，学着过少奶奶的生活。

豪宅经由知名设计师设计装潢，家具大多从国外订购，耗费半年多的时间终于完工，一个周末，吉儿邀请我们去玩。

我与妃妃两人兴高采烈，迫不及待想要去见识豪门生活。

才进门，“我快发疯了！”迎面迎接我们的是一句牢骚，吉儿不满地说着，“我受够了这些人的嘴脸。”

我们一阵怔然，不晓得搬新家这样的喜事，怎会惹得吉儿这么火大？吉儿娓娓道来，我们才知道，原来，房子尚在装修期间，吉儿就已经声名大噪。

事情是这样的，对于新家，吉儿亲力亲为，选材料、盯工程，丝毫不马虎。某日吉儿叫了外送饮料想要慰劳装修工人，吉儿亲自下去领取，外送小妹来到一楼大厅，吉儿恍然想起自己的钱包在地下停车场，于是带着小妹来到地下停车场。那天吉儿穿着凉鞋、牛仔短裤，脂粉未施，头发随意绾起。

两人才走到车边，停车场的管理员气冲冲地跑来了，伸手叉腰，相当不礼貌地指着吉儿怒斥：“你你你，你是谁？你以为这是你们随便可以进来的地方吗？”

吉儿看到管理员颐指气使的模样，火气上来了，大声吼回去：“我是谁，关你什么事！你凭什么这样用手指我！”

管理员又大骂着：“这里不是你们这种人可以随便进来的……”

吉儿一听，更气，：“什么叫‘这种人’！我告诉你，我就住在这里，明天就要搬进来，你还有意见吗？”

管理员大概没料到吉儿竟是住户，更没料到会碰上比他更凶的。管理员摸摸鼻子，不敢吭气。

“你现在就给我让开！”吉儿将管理员轰走了。

不久后，吉儿搬好家，将房子整顿完善，她还挑选了一幅精巧的小画，挂在门口门铃旁边的墙面。没几天，门铃响起，是主委来了。

首先，主委为停车场管理员不当的态度道歉，吉儿笑笑说算了。然后，主委话锋一转，随即表示希望吉儿把门铃旁边墙上的画卸下来。

“为什么？”吉儿一愣。

“因为对面的邻居反映这幅画会干扰到他的视觉，希望你可以拿下来。”主委堆着笑脸转达。

对面邻居是某名人。

吉儿火气又飙上来，她一把打开门，对主委说：“你要不要看看他的门上贴了什么？”

对面名人的门楣上贴着一张符，七歪八扭的咒语，不知道写些什么。

吉儿驳斥着：“我的画会吓到他，他的符才吓到我！”

吉儿把主委轰出去，关上门的瞬间，抛下一句话：“你叫他把他的符拆下来，我就把我的画拆下来！”

就这样，连续炮轰了管理员与主委，吉儿莫名其妙地红了起来。

“这么不愉快，后来怎么解决？”

“主委不敢得罪对面的名人，不敢叫他拆下符咒，当然也不能叫我拆下画。唉，后来主委带着副主委一起来释出善意，告诉我他们也是很懂得欣赏艺术，很尊重创作，所以希望我提供我的画作，让他们挂在一楼大厅美化环境，给大家欣赏。”

“你答应了吗？”

“答应啦！我都已经搬进来了，也不想弄得太难堪。楼下挂的画，我还特别选过，也算给主委面子。住在豪宅里，就要适应豪宅的生活。”吉儿又补了一句，“入境随俗嘛！”

“喔。”我回答。

吉儿看着我，半晌，好似想多解释些什么，缓了缓语气，说：“不管过什么样的日子，都会有快乐跟不快乐的地方。我也已经老大不小了，总不能现在又叫我走回头路，再去开餐厅吧！”

我环视这间华美的豪宅，天花板挂着奥地利水晶吊灯，客厅里放着意大利设计的皮沙发，德国进口的音响，每个单品都充满设计品位，精雕细琢，像住在样品屋里面。

画架、颜料、画笔，放在落地窗边，从玻璃窗望出去，就是美丽的堤岸，夕阳余晖，天空已是一片斑斓。

“你们相信吗？你们来之前，我一整天没说过话！快变哑巴了！”吉儿一边开玩笑，一边往玄关处走去。

玄关壁面内置一个大鱼缸，里面养着几类娇贵的鱼儿，水世界造景优美，水草、珊瑚、假山在灯光下生机蓬勃，充满艺术感，美不胜收。吉儿踱步到鱼缸前，喜爱地望着那缤纷多彩的世界。

“这缸鱼养得真美。”我赞叹着。

“当然啊！花很多钱，请专业水族公司来布置的，水底造景要有艺术感，不容易维持，每周固定有人来整理。”说着，吉儿哀怨了起来，“现在家里只有这一大缸鱼陪我……”

对方事业有成，工作忙碌，不希望吉儿出去抛头露脸，只要吉儿清闲地在家画画就好。偶尔，吉儿也会陪着出席一些晚宴、酒席。现在吉儿的行事历里面，排满画画课、骑马课、高尔夫球课，“不上课的时候我都在家，一个人好闷。”

感觉上，吉儿既享受这样优渥的环境，又埋怨这日子的空乏。

“所以啊，你们来，我最高兴。”吉儿热切地为我们张罗茶点，开始洗菜、切菜，准备为我们料理晚餐。

正襟危坐在名贵的椅子上，姿势格外端正。价格不菲的餐桌上很快地摆满好菜。我们谨慎捧着细致高雅的餐具，小心翼翼，深怕撞伤了就糟了。

这一瞬间，我无限怀念起吉儿的小窝，在那个窝里，欢笑无限，无拘无束。

聚会结束后，我与妃妃和吉儿道别，搭电梯到一楼大厅。我刻意寻找，一回头就看到吉儿的画作镶着华丽的金色木框，悬挂在一楼大厅的墙面。投射灯打在画上，画面上几株盛开的牡丹红得好抢眼，好似怕别人不知道它有多傲人艳丽。果然如吉儿所言，是特别挑选过的画作，富贵逼人，搭配富丽堂皇的厅堂，相得益彰。

“入境随俗嘛！”吉儿的话语，飘在我耳边。

推开大门，一阵冷风袭上。

“原来这就是豪宅生活……”我颇有感触地低语。

“你是不是觉得，吉儿好像有点陌生？”妃妃问我。

我点点头，忽然我想起什么，兴奋地拍了妃妃的肩，说：“妃，我发现‘豪宅’跟‘好窄’的发音好像耶！豪宅生活就变成好窄生活！”

妃妃白了我一眼，嘟囔着：“你三八。”

我悻悻然，不再多说什么。

妃妃反过来问我：“吉儿的豪宅里，哪个地方让你印象深刻？”

我不加思索地回答：“那缸鱼。”

“鱼？鱼有什么好印象深刻的？”

“我在想……那些鱼住在那么奢华优美的环境，受到尽善尽美的呵护，内心不知道是受宠若惊，还是怅然若失？”

回到家，我扑上我的床，放松地呈现大字形，自在扭动我的身体。谢天谢地，我不是一条娇贵的鱼，不需要住在名贵的鱼缸里面。这一晚，我在我的小窝里，自由自在地游啊游，游进温柔的梦乡里。

世界在我们不知道的地方静静运转

得知堇离开这个世界的消息，我正摆荡在一趟长期的流浪旅途中。

深秋清晨的曼哈顿街头，天气很差，时而吹起冷涩的风，时而下起飘飞的雨。蒙蒙轻雾氤氲，鸽灰色天空阴霾满布。我背着沉重的背包，从一个地铁出来，要转搭另一段地铁，并且要在低寒冷风中步行遥远的路途才会到达巴士出发的地方。

前一晚，我因为堇的消息，彻夜无法入睡，怔怔望着天花板，眼泪无可抑止静静流淌。再也无法承受那满溢的悲伤，索性早早换了衣服出门。巴士九点开车，而我不到七点就已经抵达。站在候车处，瑟缩着身子，将围巾绕了两圈，把鼻子嘴巴深深埋护起来。

听说堇被发现的时候也是清晨。

暗郁难明的天色下，堇孤单的身影悬吊在绵细的绳子上，轻柔的薄雾托不起她执意离去的决心，堇冰冷的躯体在雾中停摆，从此对世界缄默。

印象中，堇一向是白皙纤细，瘦小而灵性的女子。她写作、跳舞，风采迷人，但是却为某个不知名的人生困点所苦。我最后一次看到她的时候，她严重消瘦，体重竟不到四十公斤。

电影《灵魂的重量》说："传说人死亡时身体会消失二十一克。也许是一个铜板的重量、一只蜂鸟的重量、一条巧克力的重量，也许也是一个人灵魂的重量。"

忧郁症是堇一直无法逃脱的苦，负面能量紧掳着她，堇的忧郁势必是远远超过了二十一克，比堇的灵魂还沉重。啊，忧郁重过于灵魂的堇，是因为这样再也无法轻快地舞动在人世间吗？

巴士来了，我缓缓上了车，拣了靠窗第三排的位子坐下。我的大背包，靠放在另一张椅子上。没多久，车开动，一路往宾州的方向驶去，目的地是加拿大。

这正是枫红的季节，我静默地倚着窗，望着窗外干净的大道，车飞快前驶，路边的枫林一排排婀娜多姿摇曳，山岚迷雾缭绕，如诗般柔和的美好景致。我从来不知道，所谓的枫红，其实不一定是怒放的艳红，还有着光灿灿的金黄、迷晃晃的银白，橘红与赤红交叠，明黄与驼金杂陈。

每一年，枫红的速度都不一样，气候的冷暖调节着枫红的时节，有些时候红得早，有些时候红得慢。每个地区枫红的状况也不一定，因此枫叶情报网站每天都会更新枫红的即时状况。

无论早晚，总是会有枫红最美的那一天。

我望着山景迅速变换，让人屏气凝神的美景映入眼帘。

禁不住，又潸潸然流下了眼泪。

如果堇看到这一幕幕枫红怒放的美丽画面，她会不会舍不得离去？她愿不愿意停留她的脚步，在枫叶林里散散步，发现世界其实还有让人心跳的美好？

翻越过几个山头，一幢幢遗世独立的小木屋点缀在山窝，看似孤单寂寞，实则宁静平和。

原来，过着不闻世事，不打扰别人，也不被人打扰的生活，也是可以的。

整日与云雾和小船、草原与星光为伍，不需要都市繁华的一切，只是小镇上的小木匠，也是可以的。

不汲汲营营功名利禄，谨守着一方天地，过着恬静的生活，也是可以的。

是这样的，这个世界一直静静地在运转着。

各种不同的人生态度与生命风景也都各自怡然地上演。

在我来之前，在我走之后，枫红从来不因为我的去留而忘却它的韵律。它在离我居住的岛国上，遥远的地球另一端，千万年来静静缤纷。

蜷坐在车上，我凝望着宽广无垠的天空，猜想堇的魂魄依偎在哪一缕云絮？是更轻盈终于足以翱翔，抑或是彻底失重从此难以动弹？

我不知道一个人的灵魂到底有多重，但我知道生命的悲伤往往大于二十一克。

如果生命中总是有那么多无言以对的时刻，不如就暂时静心沉默吧！

如果爱不能给我们一条明确的道路，那么请帮助我们去找到合适自己的路吧！

这个世界从来是这样的，一直静静地在运转着，也许最美的那个角落还没转到我们的面前。只要愿意，我们可以转动手中的地球，把眼前的幽谷，转成另一片美地。

我也许只是大地的过客，但我可以是生命的主人。

堇带着绝望的心情，走上宿舍后山的林地，走往阴冷潮湿幽暗的角落。

她说这个世界不好玩，不如提早结束这段旅程。

挥挥手，连再见都不想说。

而我多么希望，就在那个时候，我能够及时拉着她的手，穿过那个幽暗的森林，携着她，奔往枫红怒放的林野；再携着她，转向繁花似锦的草原。

我仿佛可以望见堇那张苍白的小脸上，开始有着浅绯的红晕，一颗心扑通扑通跳跃着。

她转过头，兴奋地告诉我：薇啊！原来，世界偷偷在我们不知道的地方静静运转着啊！

那许许多多的美好，正如春天萌发的嫩芽，等待我们睁开好奇的眼，一一探索去呢！

我所不懂的事

多年前丹佐·华盛顿和伊森·霍克合演一部写实的警匪片叫作《震撼教育》，英文片名是 *Training Day*。我没看过这部电影，却一直记得 *Training Day* 这个片名。

以前军中也有震撼教育，听说是在炮火连天中匍匐前进，头上有实弹射击的压力，壕沟里随时有爆炸场面，虽然都是造假的，但是仍会搞得人心肝脾胃全骇得一阵扭曲，晚上睡觉即使在寂静的夜里，耳边依旧响着隆隆炮声，挥之不去。

一周七天里，也有一天是我的 training day。

当我仗着我的娃娃脸到大学讲课时，原本是扬扬得意的，我享受着虚荣的赞叹："薇老师，你长得好可爱喔！""薇老师，你根本像学生嘛！"我喜滋滋地接受这些谄媚与奉承，自我陶醉不已。但后来很快地，我就发现苗头不对，我白嫩的脸经常一瞬间变得惨白，笑容不自觉变形，夜阑人静的时候不时觉得心肝脾胃没一处对劲……

这一切，因为我不懂、因为我迷惑、因为我有问题、因为我真的不了解……

我的学生是时下所谓的七、八年级生。

每次进课堂，我捧着一堆教材上课，然后抱着一堆疑惑下课。

我以为我该是个发号施令的人，但是大多数时候我在枪林弹雨中匍匐前进，扎扎实实感受学生给我的training day，炮声隆隆地对我轰炸，让我惊愕不已、瞠目结舌。

说来惭愧，闪躲能力极差的我，这阵子，便又被狠狠击中了三发子弹。

第一发，一位学生寄来依媚儿，信件标题用醒目的符号特别注明（紧急&重要！！）我紧张地赶忙把信点开，原来这位学生他要去参加研究所的甄试，希望我帮他写推荐信，而且，十万火急，他写着：

“薇薇薇薇薇薇老师在不在呢？（可以想见果然情急！我的名字就急切地喊了三遍）我要去甄试研究所，希望老师可以帮我写推荐信。老师今天在不在学校？我拿我的资料给老师看，最好老师已经知道我是谁……”

我看完信，有点傻眼。

首先：寄信日期是二号，我看到信已是三号，他说七号之前要寄出推荐信，那就是六号要写好，也就是，三天内，我得搞清楚他的状况，并且写好信、装订好、交给他。

再来：我当然不会在学校，我并非专任讲师，我的时间每周只容许星期一去学校热情讲课，这是开学就跟学生说清楚的。而同学福至心灵想要见我的那天不是周一，似乎他想见，我就该理所当然地出现。

最后：他希望我最好已经知道他是谁。老天！最好我真的能知道他是谁！我班上有一百四十个学生，这堂课一周见面两小时，如果这两小时里，他是窝在角落沉默的大多数，课后也不曾与我有过互动，我若能即时在一百四十个名单里精准猜出他是谁，那我应该也能猜出下一期乐透的号码……

第二发子弹。

另一门课“现代文选”的课堂上，有一组同学要上台报告，当周的主题是“家与家人”，指定阅读的书单上有两本书，刚开学便已经告知学生，请他们提早准备。

两个月后，这组三位同学上台报告，手中拎着薄薄的一张纸，满不在乎地开口：“薇老师，我们找不到书，我们这组三个同学都没有看过指定阅读，所以我们自己随意找了别的东西来回应……”

我瞪着大眼，这份书目两个月前就已告知，两本书既不是古老绝版书，也不是艰涩难读，就算真有困难，也该在课前提出商量，我实在无法接受同组三人竟连一本都没读过……

“咦？薇老师，这样不行吗？”同学一脸无辜地问。

“你觉得呢？”我反问，语气透着一丝轰炸过后的凄凉，气如游丝。

第三发，也是一封依媚儿，短短的只有几行字，但是轰炸的威力依然不容小觑：

“亲爱的薇老师，听说明天要交期中报告了耶，但是我完全不知道期中报告要做什么耶，你可以回信告诉我吗？谢谢你唷——”同学语气故作轻松可爱，但我的表情已经扭曲不堪……

我只有回信：“亲爱的同学，期中报告要交的东西已经说过好几次了耶，明天就要缴交，你今天才写信来问我，不嫌太迟了吗？如果我要把作业内容再解释一次，可能我要洋洋洒洒写封万言书……”（我内心的 OS 是：那干脆薇老师帮你写作业好了！）

看到这里，不论你是三、四、五、六、七、八几年级生都好，如果你读出一点苗头，看出一点端倪，拥有一些解释，多希望你告诉我，因为，这都是，我所不懂的事……

我不懂，关于自我意识与尊重他人，他们与我的差距有多大？

也不懂，一个人的学习态度，还有作为一个学生的责任感，他们与我是不是有着迥异的认同价值？

记得有一次，一位学生缺席多堂课，来找我求情，一脸欲言又止。我紧张兮兮，怕他遭遇重大变故，有难言之隐，于是忙将同学拉到一边，满脸慈蔼地问：“同学，你这么多次没来上课，是发生什么事情吗？”

同学拖了半天，吞吞吐吐地开口了：“薇老师，都是‘你上课时间’跟‘我打工时间’相冲，我也很为难耶！”

请注意，他用的是“上课时间”跟“打工时间”相冲，言下之意，都是这门课开课时间不对，害他没办法安心打工。

我试图耐下性子再问（其实心冷了一半）：“但一开始你就知道上课时间。你既然选了这门课，为什么打工的时候不避开上课时间呢？”

他辩解：“可是我是选课以后才突然决定去加油站打工的。薇老师，加油站可以选择的时间就只有几个时段，偏偏你的课就跟打工时间相冲，我也没办法，我也是千百个不愿意啊……”说到底，他都没问题，问题是出在课程的时间错了。当一个学生的责任感并没有唤起他该有的学习态度，糟的是他似乎没有意识到这一切。

我内心的OS又来了：亲爱的同学，薇老师也是在你决定不断旷课之后，才忍痛当掉你的，我也是千百个不愿意啊！

许多人戏称七、八年级生为“草莓族”，说他们抗压力低，重视个人自由大于群体权益。我个人对于随意将人分类，并且擅自贴上标签这样的行为感到相当不以为然，每个人都该被当作独立的个体来尊重才是。

可是我要如何说服自己，我目睹的这些状况？

一个大学生选了课，却无法负责任地来上课，来上课却不能遵守时间。

好不容易姗姗来迟，但餐点、饮料，窸窸窣窣不离手。

晚到同学大摇大摆从台前走过，管你台上是同学、老师还是校长。

爱来就来，爱去就去，颇有千山我独行，老师不必相送之感。

讲课中途，哆啦A梦的歌声响起，以为自己在做梦，猛然才惊觉是手机在唱歌。

帮同学印好讲义，还有人上前询问，老师怎么不顺便装订？

这些，都是我所不懂的事……

当然，我所不懂的，还包括我，我也不断质疑自己：

当学生的时候我也会翘课，为什么当老师的时候，我就希望学生不要翘课？我是这么伪善的人吗？我不过比学生虚长几岁（还有学生当兵晚读，竟与我同年），我的人生有高明到哪里去吗？谁不是在成长的路上跌跌撞撞？我现在不也常摔得四脚朝天？

我不喜欢以老师之名行威权之实，也不喜欢故作温情拉拢学生，我讨厌倚老卖老（何况我又不老），我受不了听教，更懒得教训人，我同样崇尚自由，并且视展现自我风格为人生最高境界，我要以什么角度自处？

可是，我竟然是老师了，哪怕一个星期只讲课几小时，在那短暂的交会里，我还是有责任义务去告知些什么吧？关于态度、关于尊重、关于体谅、关于自律，这些教科书里没写的，但是我觉得很重要的一些思考……

于是，震撼教育 training day 一天天过去。有一天，在我被轰炸得天旋地转的时候，我开口了。

还记得那是某学期的最后一堂课，我若是不这么血气方刚，依然能够稳坐同学心目中“暖活公主”（别说我往脸上贴金，这可是学生自己说的）的宝座，但我显然是被炸得眼歪嘴斜了，当着一百多个学生的面，语重心长：“亲爱的同学们，你们是所谓的七年级生，也是所谓的‘草莓族’，有一天当你们毕业出去工作，难免你会遭遇到四、五、六年级前辈的眼光。他们也许会先入为主地评价你，说你抗压性低、态度漫不经心，而且过度以自我为中心。”

同学们听着，颇有感同身受的委屈。

我继续说着：“如果遇到这种状况，你可以做什么？”

同学们面面相觑着，也在思考解决之道。我说：“你可以用口语去辩解，你可以解释很多很多，也可能非常激动愤慨，仿佛承受莫大的冤屈。但是你说得再多，却可能引来更多的质疑。因为你还没有用行为证明你不是草莓族，没人愿意相信你的语言，除非你先用你的态度来澄清。

“于是，你还可以这么做，你可以选择闭嘴，然后埋头苦干。你也许不够聪明，但是你很肯学习。你也许还不适应环境，但是你兢兢业业。

“你的态度，最终会决定你的高度。你的高度又为你带来气度。最后你会越来越好，更上一层楼。”

同学们频频点头，但我真正要说的，是后面这一段：“但是亲爱的同学们，事情也许不会这么圆满。薇老师最害怕的是，如果这些偏见与臆测都说中了呢？

“如果你真的就是态度漫不经心、抗压性低、自我膨胀，那时候该怎么办？

“如果你真的是向来我行我素，以为全世界你最大，进办公室还奇怪桌上怎么没为你备好一壶热茶，那怎么办？你还能够理直气壮地责怪是这个世界误解了你吗？”

台下鸦雀无声，从没看过笑嘻嘻的薇老师这么严肃，而我显然越讲越激动了。

“人与人的互相尊重，不是最基本的公民教育吗？

“认真努力的态度，不是学习的最起点吗？

“这些我以为应该存在的价值，却是我现在不懂的事……薇老师很迷惑，你们可以为我解惑吗？”

下课后，我为自己情绪激动感到不好意思，一位同学同情地望着我，拍拍我，哈拉哈拉地说：“唉哟！薇老师，你不要太介意啦！现在大学生都是这样啊！你不要太大惊小怪啦……”

我、我、我……唉！

是我太大惊小怪了吗？

好吧！那就放轻松吧！就算是在震撼教育里匍匐前进，也一定可以有优美的姿势吧！

于是，有一位同学总是躲在角落，戴耳机听 MP3，我在他的作业后面与他商量：“亲爱的同学，下次上课，薇老师可不可以邀请你的两只耳朵一起出席呢？”

还有一位同学，两堂课中她永远第二堂课打钟才腼腆出现，学期末，我特别买了一个手掌形状的玩具送给她，我说：“手掌是爱的鞭策，薇老师要指正你总是没来上第一堂课。但是，手掌也是爱的鼓励，薇老师要感谢你至少还有来上第二堂课。”

最近一件事。

一位大四延毕生学生写信来，洋洋洒洒好长一篇，文中苦情陈述他的家境清寒，逼不得已只好打工度日，但赚饱了金钱，才发现荒废学业，假如我当了他，就会害他面临退学的命运。而他一定要毕业，因为他还有双亲待奉养，必须如期毕业挣钱养家……

我同情他的家庭处境，但是我不懂这样的学习逻辑。

这位学生整学期没出席，他没来上课，我却要承担害他被退学的罪名？

可他若真是家境清寒、勤奋孝亲，我忍心让他无法毕业吗？

但真要给他分数，我该用什么标准？一封信就可以抵消整学期的旷课，说得过去吗？再一想，学生怎么可以把他的难处转嫁来为难老师呢？大四延毕生，二十多岁的成年人，不该有更成熟的态度吗？

我求救于助教，助教辗转帮我问了那位同学的系上办公室，才发现他大学四年来是累犯，上课难见踪影，陈情书倒是写了不少（该是同一版本，只是替换科目寄给不同老师）。

知道真相，我难免哀伤，但，那标准化的陈情书，再也勾不起我廉价的同情。我打开 Outlook，写下了我的回应：

亲爱的同学，恭喜你赚到你要的金钱，但是“人生有一得必有一失”，你赚到你的打工，就失去了这门课的学分。

说“失去”也不太贴切，因为你从没来上课，未曾从这门课获得什么，既然你没有得到，所以也不能算失去。

你也许是我课程注册单上的三个字，但不是我课堂上的学生。

薇老师既然什么都没有教给你，知识的转移没有透过学习存在，所以我也没有办法把不存在的学分给你。

若你要问我，会泄气吗？才不会呢！匍匐前进久了，我可是练成一身好功夫。我所不懂的事很多、很多，未来也许还有更多、更多，但我在一次又一次的 training day 里，渐渐能够将轰隆隆的炮声当成是重金属摇滚乐。

当然，我得强调，大部分的学生是天真而活泼。如果硬要称七年级生为草莓族，那么你看看以下的留言，就会知道他们果真如一颗鲜嫩多汁的草莓，多甜、多蜜，多么让人温暖到窝心。

“上薇老师的课，一定必备录音笔与卫生纸，每次都太感动了。”（同学，卫生纸是因为你感冒要擤鼻涕吧？）

“薇老师，我从五专转到大学，读了七年的书，一向都是跷课大王，只有你的课，我一堂都不愿意错过。”（咦？是因为我课堂上的辣妹比较多吗？）

“薇老师，你的课是我大学四年来最难忘的课喔——”（好啦好啦，要不要这么谄媚啊！）

“薇老师，你是正妹！又会教书又热情大方的正妹！正、正、正！”（咦？我不是有圆圆的婴儿肥吗？我一直以为我是圆的，原来我竟是正方形的吗？）

你瞧，这些甜言蜜语，让我被轰炸得惨白的脸，总算渐渐恢复血色，不用苹果光的烘托，就有粉嫩的好气色！

你问我怎么这么好打发，三言两语就心花怒放？哎哟——不管你是三、四、五、六、七、八年级生，都该知道一个教科书没教，但是恒常不变的真理——女人是全世界最好哄的动物嘛！

感恩节的奇迹

你相信奇迹吗？

我相信，而且我目睹。

那个故事，发生在某年的感恩节。

感恩节那天，我受邀参加一个家庭聚会。

那时我只身在纽约，没有亲朋好友，一个人孤零零游走在陌生的城市。

聚会里，我还是孤零零，没有一个认识的人。这幢木屋别墅像童话故事一样梦幻美丽，客厅里燃起暖暖炉火，温馨动人。可是我身处异乡，又在人生的茫点里，总觉得与这样幸福的气氛格格不入，自己打从心底先别扭起来，失落惆怅的感觉强烈涌上我的心头，挥之不去。

有一瞬间，我几乎要不知感恩地埋怨好心邀请我来的主人……

这个家庭里的小孩一人抱着一台笔记型电脑盘踞家中一角，听音乐、玩游戏、秀照片，不亦乐乎。

我静静倚坐在餐桌一隅，默默地喝着饮料。

餐桌旁是大片落地玻璃，窗外落叶轻飘，白雪迷蒙，我人在屋内，却好似可以听见院子里雪花飘落的声音。

这时候，有个女生朝我走过来，她微笑地拉开椅子，坐在我身边。

“很冷吧？纽约的冬天。”她问。

“嗯，冻坏了。”我说。

她叫妮娜。

从她的外型，我很快判断她是韩国人。妮娜披着一头黑长发，性感单眼皮，纤瘦时髦。她穿着紧身牛仔裤、墨绿色大毛衣，耳朵上悬挂两个银色大耳环，带有自信的风采。

我很想多和她聊些什么，可是郁郁寡欢的心情让我一时间找不到话题，只有微笑不语。

妮娜坐在我身边，也不刻意寒暄，也不急着好奇询问一堆问题，只是陪我凝望着窗外的白雪缤纷。

一阵缄默后，倒是我先不好意思起来，想到韩国戏剧近年来在台湾非常受欢迎，我转头对她说：“我常看韩国的戏剧节目。”

妮娜笑着看着我，然后礼貌地回我：“对不起，我没有看过韩国的戏剧，对韩国的戏剧文化一点也不熟。”

“你不是韩国人？”原来我猜错了吗？

“就种族来说，我应该算是韩国人。不过我三个月大的时候就来到美国，所以对韩国的事物一点也不了解，”说到这里，她顿了一下，接着说，“在来到美国之前，我是个弃婴。”妮娜说这句话的时候，没有显露出哀伤的情绪，只是轻描淡写在述说一个事实。

倒是我，没预料会听见这样的回答，怔怔地望着她。

妮娜毫无芥蒂，大方地继续说着：“我是被美国夫妇收养的孤儿，我很小的时候就知道这个事实。”

“养父母没有等你成年才告诉你吗？”我以为，收养家庭都会等到小孩长大懂事，能够理智理解的时候，才会告知真相。

妮娜摇摇头，“不可能等到成年才知道，因为我是黑头发，他们是金头发；我的眼珠是黑色，他们的眼珠是棕色，我的外表和我的父母长得完全不一样，我怎么可能是他们的小孩？这是显而易见的事实，所以我很小就察觉我的身世异状。除了我，他们还收养了另一个韩国女孩。”

原来这对美国夫妻结婚后一直无法生育，他们决定收养别人的孩子，爱别人的孩子如同自己的一样。于是来自两个不同育幼院的韩国孤儿，同时被收养，从此没有家的孩子有了家，没有亲人的彼此成了姊妹花。

“你难道不想知道你的亲生父母是谁吗？”

“非常想，所以在我十三岁那年，美国妈妈安排一段好长的假期，专程带我到韩国，回到当年我的育幼院去找寻我的亲生父母。院方很热心为我翻出陈旧的资料，文件上只有注明我是弃婴，其他什么线索也没有，父不详、母不详，根本无从找起。

“美国妈妈知道我的沮丧，接下来的日子她带我在韩国进行一趟长长的旅行。我们没有任何计划，只是漫无目的地在韩国的土地上移动，妈妈说让我接触这一片孕育我生命的国度，希望可以弥补我内心的遗憾。”

“那么旅行还顺利吗？”我问。

“旅行顺利，可是我的心情一直不顺利。我陷在深深的沮丧里，我一直想不透，为什么我的亲生父母不要我，他们有什么困难？他们难道不会想念我？他们生我却不要我，为什么还要把我生下来？有一个声音一直在我心中呜咽哭泣着：我是被遗弃的小孩、我是被遗弃的小孩、我是被遗弃的小孩……毕竟那年我只有十三岁，这种强烈受伤的感觉实在无法释怀。

“然而一路上，美国妈妈很有耐性照顾我怪异的脾气，抚慰我、鼓励我，每天晚上哄着我入睡。

“渐渐地，我想不透的事情改变了，我不去想为什么我的父母不要我，而是去想为什么美国夫妻要收养我？为什么有人不要他自己的孩子，有人却要去抚养不是自己的孩子？为什么他们要对我好？我跟他们一点关系都没有，甚至连人种都不一样……

“要返回美国的前一天晚上，我们住宿在一间小旅馆里。即将离开韩国了，对这个又熟悉又陌生的地方，我不知道要用什么心情道别。我出生在韩国，可是这次离开后，再也没有任何令我眷恋的理由让我回到这里。

“我才十三岁，还不会处理自己的情绪，最后一天的晚上，我胡乱发脾气哭了出来，我歇斯底里大声喊叫：我不知道我是哪一国人，我连我自己的爸爸妈妈是谁都不知道……”

说着说着，妮娜自己轻轻笑了出来，“现在想想，当初的举止真的幼稚，不过，能叫十三岁的小孩如何成熟面对这么艰难的局面呢？”

“当你大哭大叫的时候，美国妈妈怎么安抚你呢？”

妮娜深深吸了一口气，面容感激地回答：“美国妈妈难过地跑过来，她将我紧紧搂在怀里，持续不断轻拍我的背，然后她对我说了一段话，让我到现在都无法忘怀。”

“她说了什么？”我也非常好奇。

“美国妈妈说，我出生在大地上，就是大地的小孩，什么国籍、什么人种一点也不重要，整个世界就是我的父母。然后她问我，这段日子喜不喜欢跟她一起在韩国旅行的感觉？我抽抽噎噎回答我喜欢。

“于是，妈妈告诉我，如果我是大地的小孩，那么她就是陪伴我行走在大地上的旅伴，她会一直陪着我，直到有一天，我想一个人旅行为止。”

妮娜说着，眼中柔和的光芒让我那么震撼。

“那一趟旅行，我没有如愿找到我的亲生父母，可是我却意外找到了爱的感觉！”妮娜肯定地说，“如果不是因为我是弃婴，如果不是因为被收养，我恐怕不会相信世界上有这样无私的爱存在，我恐怕会把许多事情视为理所当然，不懂得珍惜。”

妮娜大学毕业后，在知名服装公司做事，是一位高薪时髦的纽约上班族，不过假日闲暇时，她常在育幼院当辅导员。

“我非常感激养父母对我的教养，他们让我受教育，让我有知识与能力去选择我未来的人生。一开始是他们选择了我，后来是因为他们当初的选择，才能成就现在我的选择。”妮娜这么说。

奇迹是，不可能发生的事情。

对妮娜来说，视别人的孩子如己出，是不可能发生的事情，但她已经身在其中。

会不会这个世界原来就充满了奇迹呢?

所有我们以为不可能发生的事情，其实不断在这个世界不同的角落上演。

在我们的生命里，依然有那么多人，在我们交会的时候，给予我们奇迹：暖冬的热茶、迷惘时的醒语、困厄时的救济，旅途中陌生人的帮助。

金·凯瑞主演的好莱坞电影《王牌天神》(Bruce Almighty)里，摩根·费里曼饰演的上帝在片中说了一段话，大意是这样：唉，身为万能的上帝，世间人们老是希望我可以施展神力为他们做些什么，每天每天都有人不断来向我祈求奇迹，但是，恕我直言，在我看来，所有的奇迹，其实都在人们自己身上。

一个单亲妈妈刻苦做两份工作还要抽出时间陪孩子练足球，那就是奇迹!

如果你找我要奇迹，不如去看看你身边的奇迹，或是，Be the miracle!

这一年感恩节的奇迹有两个。

渺小的，如同我在异乡寒冬中被一个故事温暖。

伟大的，如同美国夫妻收养两个韩国弃婴。

Thanksgiving，感激所有恩赐的一切。

我忽然发现，原来奇迹无所不在呢！

注：美国的感恩节在冬天，它的由来大概是这样的：

西元 一六〇二年九月，因为宗教理念的不同，因为憧憬更美好的未来，有一〇二个人登上一艘木造船——五月花号（The Mayflower），展开一段冒险旅程。

气候是最糟糕的冬天，海上风狂雨暴，低温与雾气让人心力交瘁。一番波折后抵达了美国麻萨诸塞州（Massachusetts），但登陆后苦难并没有远离。荒凉陌生的贫瘠土地让人沮丧，每日每夜从大西洋上吹来的凛冽寒风刺人入骨，冰天雪地里，这一群千辛万苦而来的寻梦者，只剩下五十个人存活。

后来，一群当地的印第安人发现了他们，给予他们物资、帮助他们求生，于是新移民开始学习在新土地建立自己的家园，有了丰收与喜悦的生活。他们举办晚会庆典，深深感谢印第安人的帮助，也感谢老天的眷顾，感谢天地的赐福。

一八六三年，林肯总统把感恩节定为国定假日。

到一九四一年，美国国会通过法令，把感恩节定在每年十一月的第四个星期四。

Thanksgiving Day，在这一天，每个人都要感激他所获得的一切。

你是不开花的种子吗？

很久以前曾经听过一个小小的寓言故事，有两颗种子一同被埋在土壤下。

有一颗种子生气勃勃地想着，马上我就要破土而出，我可以感受阳光洒在脸上的温度，我可以在春风里舞动摇摆，我可以大声地和鸟儿比赛唱歌，我可以……我可以……我可以做很多事情，只要我——破土而出。

另一颗种子舒适地窝在温暖的土壤里，想着，我才不要发芽，我静静待在这里，一切好得很，我才不要冒险哩！如果我努力往上钻，石头可能会伤了我的茎；如果我冒出嫩芽，可能会被虫子吃掉；如果我开出美丽的花，可能会被摘掉……我何不好好窝在这里，做一颗温暖的种子就好？

如果你是一颗种子，你选择开花，还是不开花？

我在大学开了一门课，叫作“说故事与创意”。每学期会有一百四十个青春可爱的年轻生命与我相遇，开学第一天我总是会跟同学说明这门课有许多分组讨论，所以很快就会进行分组活动。

“薇老师，要怎么分组？”同学抛来问题。

“由薇老师我来分。”我平静地说。

通常此话一出，台下马上哀鸿遍野，像神经反射一样精准。

“不要吧！老师！”“开什么玩笑啊？拜托啦！”果然，同学唉唉叫着，脸上的表情一个比一个扭曲。

我睇了一眼，干吗啊！不过是分个组，有那么严重吗？

“为什么不要让老师分组？”我问。

“很麻烦耶！”

“不会啊，让我来分，你们完全不用伤脑筋，是老师我比较伤脑筋耶！”我说。（真的，一百多个学生，来自不同领域、不同系所，每次分组我都很头疼。）

“可是要跟不认识的人同一组，就……就很麻烦嘛！”同学又唉。

“那怎样比较不麻烦？”我又问。

“让我们自己分组啊！”

“为什么要自己分？”我锲而不舍。

“找自己认识的同学比较方便啊！”

“为什么比较方便？”好啦！我是一个问题很多的老师。

大抵来说，同学希望自己分组的原因有：

跟同系同学在一起做报告，开会时间比较好敲定（最好不但同系又同班，作息都一样）。

不想跟陌生人一起做报告，感觉很恐怖（外系人如同外星人）。

没有跟别系的同学合作过，总是觉得有点怪（啃程式语言的跟啃唐诗宋词的就是觉得品位不对）。

我清清喉咙，大声宣布："嘿嘿，各位亲爱的同学，关于你们的心声，薇老师都听见了……"

台下七嘴八舌的骚动总算平息，大家扭曲的表情渐渐柔和，嘴角微微上扬，以为一切如愿以偿。

我吸口气，继续说着："但听见了不表示听进去，点头不表示答应。所以亲爱的各位同学，关于你们方才大声呐喊的请求，薇老师在此宣布，一并不——接——受！"

"哎哟——薇老苏——"台下又一阵哗然，同学们痛苦地口齿不清，变成台湾狗语了。

我得承认，大多数的人都习惯一动不如一静，我们对于熟悉的事物比较有安全感，对于新尝试难免感到害怕与麻烦。要承受心里的波折、新事物的体验、新观念的冲击，好累啊！所以，如果能够，同学依旧习惯处在各自的小圈圈里。

中文系仍是黏着中文系吟诗作对，经济系坚持巴菲特是唯一的伟人，计算机始终关心电脑大于人脑。单领域的思考模式总是少了一点让人心跳加快的什么。

如果生命的画板上，永远使用同一种颜色的涂料，怎么能够画出美丽的彩虹呢？彩虹可是有七个颜色组成的呢！红、橙、黄、绿、蓝、靛、紫，就算涂涂抹抹真的画不精准，那么意外融合成橄榄绿、莫内蓝、苹果红，也是不错的色彩呀！

你的红色，配上我的蓝色，竟然可以变成紫色，这不是一件很奇妙的事情吗？

由我来分组，有没有发生什么有趣的事情呢？

当然有。

有一年我接到一位毕业的女孩写信给我，她写着：薇老师，写信来是要跟你分享，我恋爱了……

故事竟是从分组开始。那年，女孩跟男孩被分在同一组，他们各自有男女朋友，因此除了一起做报告，没有私交，课程结束也就失去联络。

毕业一年后，失恋的女孩独自走在熙来攘往的台北车站，忽然有个人喊出她名字，回头一看，竟是男孩。好巧不巧，男孩也是失恋中……

于是，往日分组报告的默契与熟悉，让他们迅速坠入爱河，这可是我始料未及的呢！

所以呀，打开心胸，认识一个新朋友，谁知道缘分的带领下，未来，他会是你的谁？

分组活动由我独裁介入后，课堂活络起来。但，光认识组上的几位组员，好像单薄了些。几年下来，我野心更大了，总觉得，这样还不够……

我希望大家认识更多同学、更多人，更多不一样生命，更多不一样的思考。

认识人，保持对世界的好奇，是多么重要。

学习对人的友善与关怀，又是多么必要。

于是，今年，我突发奇想，出了一份作业，这份作业必须要花一整个学期的时间来进行，那就是——交、朋、友、进、行、曲。

全班一百多位同学，必须要在一学期四个月内，至少认识三十个同学。学期末，交出他们交朋友的纪录。

除了认识一个人的星座、系别、兴趣，养什么宠物、吃什么餐厅，你还能认识什么？你对什么好奇？你有没有问问题的能力？你怎么破冰？又怎么与人取得连接？

为了交作业，同学硬着头皮都得要找人“哈啦”“聊天”“鬼扯淡”。他们结党营私，自己在脸书设立地下秘密社团。整学期我隐隐觉得这一百多个人私自感情加温不少，课堂上常常爆出我不懂的笑梗。一直到学期结束，老师我荣幸取得“入社资格”，加入他们的脸书社团后，我发现上面真是热络。

“交朋友”变成大家的暗号、密语。

“今晚有没有人要交朋友？”

“八点，夜巴黎，不见不散。”

“征求两位绅士交朋友，目前已经快要阵亡。”

看着他们的互动，让我也好怀念我的大学同学们。

交朋友，商场上的定义叫作“人脉”。但是我始终不是很中意这两个字，总觉得里面掺着利益的成分。朋友就是朋友，尤其在青春的岁月，朋友单纯是一种美好的聚合，花整夜陪你疗伤止痛，不为你的订单，只为你的笑容。

当然我不讳言，若能培养出真诚与人互动的能力，出了校园，自然可以在职场上获得好人缘、觅得好工作。不过，咳咳，现阶段，就让我们为朋友而朋友吧！

如果身边充满好朋友，那么我已经看见，多年后，当你走进KTV，点起《朋友》这首歌，看着歌词，你会多么感恩……

朋友一生一起走 那些日子不再有
一句话 一辈子 一生情 一杯酒
朋友不曾孤单过 一声朋友 你会懂
还有伤 还有痛 还要走 还有我

最后，回到种子的故事吧！

不发芽的种子永远看不到美丽的世界。既然生为一颗种子，何不让种子开花？

学着关怀生命中，上天安排出现的每一个人。

学着去观看别人，也从别人的眼中观看自己。

最重要的是，跨出这一步，不会失去什么，可能得到更多。

我眯着眼睛幻想着，如果每一颗种子都能发芽，绽放五颜六色花的姿态，那将是多么美不胜收的花园美景呀！

我的王子是斯德哥尔摩痞子

年过三十、身边无伴的女人，就算你自己不忧，也会被家人念到很恼。尤其你身边的娘，总是愁着一双哀怨的眼，忧心忡忡望着你，她多么害怕你到了“老娘”的年纪还是待字闺中……

她很心急，急到硬拎着你去月老庙。你戴着大墨镜遮遮掩掩，心不甘情不愿躲在她身后放话：“我跟你讲喔，如果等一下遇到熟人，我会说我是陪你来的！”

她很心急，急到参加亲戚婚礼跟邻座完全不认识的三姑六婆请托：“我们还嫁不掉，可不可以帮忙介绍……”她努力推销着你的滞销，你简直要气绝身亡，悲愤地撑着最后一口气抗议：“我不是嫁不掉，我只是还、没、嫁！”

是的，要嫁不难，每天一出门，眼前有二分之一是男人，找个男人真的不难。

但是，要嫁给你爱他，正好他也爱你的人，真难。

偏偏像我们这样的女人，非常难搞，表面看起来很正常，内心却拥有病态的人质心理。我们渴望被征服，渴望遇到让我们心甘情愿投降的对象。可是，一旦有人靠近，我们又害怕被绑架，潜意识里想抗拒、想逃避，对侵略抵死不从、对改变全面排斥。我们畏惧变成爱的人质，我们带着敌意打量任何一个可能绑架我们的绑匪……

于是，高大帅气的，没有感觉。

家世雄厚的，懒得高攀。

炫名车秀名牌的，讨厌表象。

不够奋斗的，显得没活力。

靠家里养的，简直瞧不起。

比你不努力的，一点也不服气。

感觉对，速度慢，你怀疑他没真心。

感觉不对，速度快，你无法接受他太猴急。

天啊！像我们这样难搞的女人，老天爷真的很苦恼啊！

你可不可以妥协？你可不可以不要那么坚持？

不行，我偏偏要在茫茫人海里寻觅独一无二的懂我的灵魂。

所以持续单身，怨不得老天。

在我单身的日子里，不是没有机会认识人，爱情的种子却没有机会发芽。

曾经有个人，认识一周便轻言“执子之手”，后来发现只能牵牵小手，就要挥一挥手。

曾经有个人，一天一朵玫瑰花放在我家门口，半夜两点在公园凝望我的窗口，到后来我不敢下楼，只有无言留在心头。

曾经有个人，第一次见面，劈头问我：你觉得我们有没有可能发展？我想不要浪费你的时间，毕竟你也老大不小了。喔，对了，你会生孩子吧？……

以上种种，谢谢，不联络。

三十三岁生日，我正旅行印度，在古老文明里感到莫大的渺小与荒凉，菩提树下一阵风吹过，有一片叶子飘然远逝，仿佛只有我一个人看见。

三百六十五天过去，三十四岁生日，朋友欢聚我家，庆祝我跨入高龄产妇的门槛。深夜友人散去，我清扫骤然空虚的屋子，一夜孤单我一个人守候。

又一个三百六十五天过去，三十五岁生日，我在游泳池里度过，水底寂静无声，仿佛全世界的孤独，我一个人拥有。

实在不耐，人生怎么搞的，像机器坏掉徘徊在慢动作，“时间到了”的窘迫感挥之不去，情感动态是注目焦点，一举一动牵动全家神经。

会不会，有可能，我的人生就停滞在这一幕？画面上，只有，一个人。

一个人吃饭、一个人走路、一个人旅行、一个人入睡、一个人醒来？

同我一般持续单身的姊妹开始涌起各种忧患意识。

A说：你知道卵子银行吧？今年底之前再没对象，我就要去把卵子冷冻起来！

B说：所以啊，我已经投保看护险，将来老了病了，瘫在床上至少有看护陪我。

这些话语飘忽在空气里，很难入耳。一点也不愿意面对，深怕一认真思考就会成真。

我逃进书店，随意逛逛，目光被一本书吸引，我的脚步不经意停住，慢慢翻阅，我发现我在看……《一个人的老后》。

一定不是这样的，上天会给予我们真心想要的幸福才对，于是我开始用心祝福、虔诚祈祷。不知道是不是我的念力过于强大，宇宙星球终于开始为我运转。

都说神爱世人、佛度众生，冥冥之中，慈悲的老天果然挽起袖子，着手为我安排。

春天，参加一场婚礼，遇到小学同学Fion，她听闻我依然单身，相当惊讶。没多久，网络上Fion丢来一个陌生男人的名字，那是她的高中同学，目前人在上海工作。距离这么遥远，我一点也不考虑，唉，只能当当哥儿们。

我随意连上他脸书，一看，忍不住皱起眉头，这人真奇怪，照片没几张，然后没有一张正常：张牙舞爪吃螃蟹、跟死党一起扮鬼脸、状似荒野一匹狼的背影……终于点到一张正面，是他参加朋友婚礼，跟新郎新娘站在一起，腰杆挺得直直，我才看清他脸上蓄着胡子，像民国初年的军阀。

我搔了搔头，纳闷到底什么时候得罪Fion了？

同时期，另一位朋友热情邀约我去查经班。对于陌生的环境，我有些胆怯，我阿娘怂恿我："去嘛！搞不好会认识不错的男生。"到了现场，这查经班竟只收女性，一位雄性都没有。

幸运的是，我和一位可爱女生一见如故，活动结束我们相约去吃麦当劳，女生听闻我还单身，兴奋推荐："嘿，我哥还不赖耶！"她马上打开手机，连上她哥哥的脸书。不得不承认，哥哥像可爱女生一样，是一个可爱男生，白白净净，眼神迷人，笑起来有李奥纳多的灿烂，是童话故事里面优雅王子的样子。

"我哥真的很棒，加拿大念书回来，现在是外商公司欧洲业务代表。你看，我第一次来查经班，你也第一次来查经班，这么多人我们又正好坐在一起，你不觉得是上帝的安排吗？"

难道，王子真的是上帝派来的？

就这样，痞子与王子两个人开始跟我在通讯软体上有一搭没一搭地聊天，谁也没见过谁，啥事也没发生。

三个月过去，秋天缓缓来临，某个星期六，王子忽然约我出去。他开着车来到我家楼下接我，我怀着忐忑的心下楼，一开车门，迎接我的是笑容可掬的优雅男人。

我们喝咖啡、吃晚餐、大量聊天，王子温文有礼、见识广博，可是我始终觉得，少了一点……怦然？

我皱起眉头，迷惑了，王子不是上帝派来的吗？上帝怎么没有把怦然一起打包？

当天晚上我绝望地瞪着镜子里的自己，忍不住对自己循循善诱："你啊！不要一天到晚把感觉、感觉挂在嘴边！无论如何，一定要给彼此多一点时间。如果连王子你都没有感觉，肯定是你有问题啊！"

隔天，来到命运的星期天。

我接到一通电话，痞子打来的，在上海工作的他，临时回台北开会，"结果我回到家，我家一个人也没有，大概是假日全家出去玩了。"他一派轻松地说，"你有空吗？"

说来真巧，他家离我家，一个街头，一个街尾，走路只要八分钟。星巴克就在附近，"那约我家巷口见啰！"我说。

生命里有时候会听到钟声响起，那声音清脆悦耳，引领我们到纯净澄明的国度，鸟瞰人生的关键时刻。

我随意扎个马尾，脚上踩双娃娃鞋，一身轻便，像去市场买菜那样出门。站在约定的巷口，远远地，我看着他朝我走过来，运动外套、棒球帽、球鞋，街头少年那样的装扮。

在他前面，我们中间，还掺有路人，他远远望见我，调皮地躲在路人身后，只见他一粒头忽左忽右、跳上跳下，好像超级玛丽。我翻白眼，心想：不会吧！有没有这么幼稚啊！

他来到我面前，很温暖地微笑着，我们并肩走一段路，往咖啡厅的方向去。走在他右边，我偷偷望向他，痞子气质干净，眼神真诚，时不时透出一丝腼腆，脸上的小小胡子，看起来俏皮可爱，跟脸书上照片的感觉很不同。哎呀，差点被照片误事啊！

边走边聊，原来我们读过同一所小学、走过同一条长街、在同一家彩券行买乐透、在同一家星巴克喝咖啡。原来，我们，根本邻居了二十多年，到此刻才第一次见面，第一次说话，第一次一起走路，我的心漾起奇妙的变化，说不清楚那复杂的滋味，统称……怦然。

原来我的王子不是“王子”，我的王子是痞子，还留着一点小胡子！

上天的旨意实在难以捉摸，我把世界走到尽头，才发现幸福就在街口。

人生的影带忽然从慢动作，开始变成两倍、四倍、八倍的速度，一路快转。

交往第四个月，有一天晚上他送我回家，就在我家客厅，他忽然眼神勾勾地望着我问：“准备好了没？”

我一愣，准备什么？……天啊！该不会是……

我紧张地瞪大眼，倒退三步，冷抽一口气，只见他缓缓站起来，一把抽下腰际的皮带，在空中咻咻咻打转绕圈，我的心越跳越快，难道他真的要……

他伸长手，猛地把皮带扣环直直地送到我面前，我屏着气息、全身僵硬，他昂起头、张开口，用一种“下战帖”的语气质问：“愿不愿意嫁给我？”

哈？这是什么语气？没有鲜花、没有钻石，这家伙竟然想用皮带扣环当求婚戒指！这是哪一招啊？

我涨红脸，不服气反问：“嫁给你有什么好处？”

“就……当我老婆啊！当我老婆还不好喔？”

笑话！我又没当过，怎么知道好不好？

只见他挑衅地摇晃手中的“戒指”，语带威胁催促：“快点喔，手不伸进来，我要收走啰！”

不只是痞子，还是流氓，这哪是求婚，这根本是绑架。

“嫁不嫁？快点喔！……三、二、一……”竟然还倒数！土匪、土匪！

嫁就嫁，有什么大不了！我心一横、牙一咬，将发抖的手指套进那个过大的扣环。小胡子见猎心喜，突然一把握住我的手，扬扬得意地宣告：“从现在开始，你是我老婆！嘿嘿，你逃不掉了！”我一阵错愕，终身大事这么轻易就让他得逞，忍不住懊恼起来，我竟然被一个皮带扣环给收服，太没有天理了啊！

交往第五个月，一天清晨，一早醒来阳光普照，空气弥漫着新鲜朝气。

“你今天有什么计划？”

“没有耶，那你呢？”

“也没有耶！”

“那不如今天去结婚吧！”

我们手牵手，散步走到附近的户政事务所，身份证上空白多年的配偶栏，忽然记上一个名字，从此正式结为夫妻。“陈太太，恭喜你！”办事人员亲切道贺，我又傻了，一时间不知道在叫我。

“陈太太”的身份热腾腾出炉，新手人妻还没过瘾，三个月后，验孕棒告诉我，我要当“陈妈妈”了。又三个月，我披上婚纱办喜宴，小胡子牵着我走过红毯，肚子里有新生命，我们是一家三口，一起完成人生大事。

婚后某一天，缠着小胡子陪我去月老庙。见我虔诚地把喜饼放在供桌上，他露出一脸狐疑的表情，“你在干吗？”

“还愿啊！”

“还愿？”小胡子不可思议地瞪着我，“你来求过……月老？”

“是啊！我来的那一天喔，人好多喔，竟然还有很多年纪轻轻的小女生来求姻缘耶，我当时好想大吼：小妹妹们请让开，姊姊是急件……”我还没说完，庙祝走过来打断我的话：“既然已经找到姻缘，红线就可以收起来啰！”

小胡子一听，更加震惊：“红线？你竟然还有拿红线？”

“嗯！就搁在钱包里，”我低头翻开包包，不知死活地拿出来，“喏，你看，我动都不敢动，摆到发霉了……”

他好似被当头棒喝，发抖惊呼：“你……施法！你用红线紧紧把我绑起来，难怪我动弹不得……”

“哎哟，神经啊！”我白了他一眼，“走了啦！还有下一站呢！”

“又要去哪里？”

“龙山寺啊，还有一盒喜饼要送给龙山寺的月老。你不知道我布下了天罗地网，拜托很多月老，大家都很辛苦耶！”

只见小胡子俯首拍额，脸色发白，凄厉哀嚎着：“哎哟喂呀！上当了啦！搞了半天是我逃不出你手掌心，你竟然联合神明绑架我啊！”

别这样说嘛！婚姻本来就是一桩绑架案，你和我都是“斯德哥尔摩症候群”的患者。

绑匪为了某种原因（可能是要幸福）绑架了人质。挟持的相处过程中，人质体会出绑匪对自己独一无二的意义。最后，被绑架的人质竟然爱上了绑匪（真是一种莫名其妙的病）。

婚姻里，谁绑谁，谁无辜，谁知道啊！

仍在单身的旷男怨女，不用急，缘分来的时候，自然会有人绑住了你，还以为被你绑了。

爱在斯德哥尔摩，不是在斯德哥尔摩度蜜月，不过有一天我们一定会去喔！是不是啊老公！啾咪！

找个日子当傻子

傻瓜的请举手！

不举手的是傻瓜！

收到傻瓜 Party 邀请函的各位同学：

这不表示你是傻瓜，所以被邀请。

也不表示我是傻瓜，所以邀请你。

而是，生活中有时候当当天真的傻瓜，傻傻的，其实满不赖的。

所以，找个日子当傻子，薇薇要和你傻里傻气傻在一起！

在某个学期结束，我心血来潮，办起傻瓜 Party。宾客是学生以及少许亲近好友。吃吃喝喝中，大家开始谈起生命中的傻事，其中一位同学阿禹说："我前阵子刚环岛回来。"哇！环岛，这是常常有人挂在嘴边，但很少有人完成的事情。

“你计划多久？”“你的路线是什么？”“你存了多少钱？”“你怎么知道你要住哪里？”……大家七嘴八舌地问起。

阿禹对这些连珠炮的问题显然有些招架不住，他憨憨地抛出一句：“想这么多干吗？”

简单的一句话，石破天惊。阿禹说，这趟旅行是他的朋友出发环岛的前两个小时通知他，阿禹傻傻地没多想，把家里的脚踏车上了油，带着简单衣物，就跟着踏上环岛旅程。旅程一共九天，只花了一千两百块钱。

“一千两百块钱？怎么可能？”大家一阵惊呼。

“是真的。”

另一位同学开笑地说：“你该不会只在‘定点’环岛吧？”

“真的啦！我跟着大家骑脚踏车，吃都吃便利商店，睡都睡在庙里，所以很省。”

“可是，出发前两小时才通知你，这样你就去了？”大伙一脸不可思议。

“不然还要怎样？”阿禹的表情相当无辜。

是啊，不然还要怎样？花两年存钱？花一年计划吗？如果想得太多、太细，也许这趟环岛旅行就永远无法成行。

伟大的哲人不是教育我们：不要做思想的巨人、行动的侏儒吗？

所以，想这么多干吗啊？傻傻去做就对了！

傻傻的举动，往往从一个单纯的念头出发。

有傻劲的人就有冲劲。

傻子因为傻，大约也不会去思考路上有什么风险？会有什么后果？说走就走，边走边想。也因为傻，不知道风险，所以表现出来的行为反而像天不怕地不怕的大胆。

不过，就因为傻子怀抱着单纯的意念上路，不预期一定要看见什么特定风景，不期待一定要有符合经济效益的收获，傻子全然领受当下的际遇，反而事事都新鲜有趣。

傻子的憨愚，你不提醒他，他是浑然无觉的。

你提醒他，他大概也只会傻傻地说："对喔！"然后继续傻傻地持续下去。因为所有的快乐，就来自于这份憨愚，而处在快乐中的傻子，大概是不会放弃这份快乐的。

我一向爱吃瓠瓜，还记得有一年夏天，老妈与我忽然兴起一个念头："这么爱吃，干脆自己种！"于是我们花了一千多块钱买棚架、器材，开始在顶楼架起瓜棚。

我们小心翼翼埋下种子，每天灌溉栽培，欣喜地望着瓠瓜发芽、长叶、伸展绿色的卷须。欣赏瓠瓜在黄昏的时候绽放白色小花，在清晨的时候凋谢。

凡挥汗播种，必欢呼收获。

我们揣着小小的希望，在很久之后，果然收成了，但并不是很欢呼，因为我们得到：仅此一颗，又瘦又小、营养不良的瓠瓜！

隔天逛菜市场，看见市场里一大篓硕大丰美的瓠瓜，上面标着价钱："一个十元！"

当下我们的傻劲陡然清醒，母女俩默默收起瓜棚，决定以后还是多上市场。如果换算经济成本，花了一千多元与很久的时间，大费周章竟然只换来市场里唾手可得“一个十元”的瓠瓜，傻气母女怎么算都不划算嘛！

不过，傻子往往不会这样衡量事情，那一段母女一起“种瓜得瓜”的日子，是一段无法取代、难以忘怀的幸福时光。

在瓠瓜事件发生的更久远之前，我做过更傻的事。至今回想起来还会双手双脚微微颤抖，不知道自己究竟是怎么办到的。

大学毕业那一年，我一个念头兴起，决定制作专属于我自己的家具。于是我摊开笔记本，开始自己画设计图，仔细丈量尺寸大小，计算需要的木板数量，直奔木材行去裁切木材。木材行老板听见瘦弱的我将要亲手完成这些家具，惊讶又感动。他十分豪气，不收运费，将一卡车木材运到我家。

当木材像小山那样高堆积在客厅里，我的头皮开始发麻，当初只是在笔记本上涂涂画画，没想到纸上的几条铅笔线，变成实体是这么巨大！光是一片高两百公分、宽六十公分、厚两公分的木板我就已经无法扶起，但客厅里还有满满数十片的木板、侧柱、横干……

接下来，每天早上八点我准时上工，傻傻地用砂纸打磨木板，日复一日。接下来，还要一一丈量、钻洞、钉合。很快地，我细嫩的双手磨出水泡、长起粗茧，手肘、膝盖碰撞出深深浅浅、大大小小的淤青，不过我眼中只有渐渐成形的家具。

一个月后，我终于有了量身订做的书桌及书柜，我的衣柜还是三合一的，可以组合，也可以分开。

完工时，我兴奋到一种近乎抽筋的状态。这一切的起头，只是一个单纯的傻念，而我竟然完成了！

日本的娱乐节目常会访问一些达人，有些达人看起来很朴实，但却有惊人手艺。许多达人他们会说，因为不会做别的事情，所以就好好把这件事情做好。

说穿了，这些达人，也是一群拥有傻气的傻子呀！因为傻傻的只会做这件事，心无旁骛，不断钻研，发扬光大以后反而变成行家。到这个时候，别人反而会夸他们很厉害、很聪明。

我曾幻想，要是我傻傻地继续钻研木工，会不会有一天我也变成木工达人？到那时候接受采访，媒体夸我："你好厉害啊！"我肯定会憨憨地回答："奇怪，其实我很笨耶！"

没有一点傻气的人，生活里很难有趣味。

没有一点傻劲的人，人生里也很难有传奇的故事发生。

电影《阿甘正传》里的阿甘，堪称"傻人有傻福"排行榜的第一名。

智商只有七十的阿甘，脑袋没有所谓的大志向，但他"傻傻向前冲"的个性却让他扶摇直上。在小学的时候因为被坏学生欺负，造就他一身逃跑的好本领，跑着跑着，因此治好他先天不良于行的缺陷。上了高中，他继续被坏学生欺负，但还是给他跑出了名堂，意外地加入橄榄球校队！对阿甘来说，他只是傻傻地跑着，最后竟变成勇往直前的精神领袖。

难怪他要说："人生就像一盒巧克力，你永远不知道你将会拿到哪一颗。”不去猜会选中何种味道，随意吃着巧克力一般的人生，领受所有的滋味，是傻气，也是福气。

在忙着学习当一个聪明人的社会，有时候我宁可当一个傻瓜。

我相信拥有一点傻气，能够招来一点福气。

傻子笨一点，不太会精算得失，不知道自己失去什么，只专注看着自己获得的，反而感到满心欢喜。

这样比起来，到底是算得清的聪明人比较快乐，还是算不清的傻子比较快活呢?

傻傻的，憨憨的，蠢蠢的，带着一点天真活下去，在我看来，是很愉快的人生。

春天来了呀！春天就在这篇“傻里傻气”的文章里悄悄来临了。在美丽的晴空下，我想当春天里的两条虫，或者是三条虫，比蠢还蠢一点。隔三差五找个日子当傻子，来点傻劲，多付出、少计较；傻傻做、不比较，能够这样，时时都会有心旷神怡的傻瓜好心情吧!

你不信任的是什么？

陌生与未知，往往是恐惧的来源。

小时候看综艺节目，里面有个很受欢迎的单元是恐怖箱，恐怖箱内放的东西千奇百怪，刷子、海绵、汤匙……，有时候甚至只是一块小小的肥皂。参加节目的明星每次伸手下去拿，总是一脸惊骇，有些人根本连手都还没触碰到物品，便已经花容失色、惊声尖叫。

“未知的东西”也许没那么可怕，有时候我们恐惧的只是“未知”这件事情。

如果那些明星知道，伸手下去即将触摸到的，只是一块小小的、会冒泡泡的肥皂，还会这么恐惧吗？

又如果，里面放的是钻石呢？是某个宝藏呢？会不会因为恐惧而与宝藏错身？

旅行，就是朝未知迈进，谁也不能保证未知会带来惊喜，还是惊吓。

在一趟墨西哥的漂流旅行后，出版了《爱在世界开始的地方——墨西哥漂流记》这本书，并且在电台分享旅途中让我思索成长的故事，在我看来，都是美好的经验，但主持人不友善地质疑说："我去过墨西哥，那里治安很差耶！贪污、毒品的新闻那么多，墨西哥人哪有你说的这么善良？我觉得墨西哥好像被你美化了……"

创作毕竟不是纪录片，即使是一部纪录片，也有导演选择想要传达的价值观。叙事的模式、元素的选择、角色的拿捏、气氛的营造，都为了传递某个故事或某个价值。

一个城市必然有一百种解读的方法，端看创作者的心眼所投射的是什么。

法国巴黎在电影《巴黎，我爱你》中可以创作出二十个不同的爱情故事，非常浪漫。可是，偏偏有人笔下的巴黎也不是那么美好。亨利·米勒（Herry Miller）是美国二十世纪相当重要的作家，他的作品《北回归线》中，巴黎是一个激情而残败的欲望城市，书中男主角简直活在巴黎这座性的炼狱里面，无法从中得到救赎。

而我的作品中最想传达的，是爱与信任。相信天地间有丰盈的爱围绕着我们，只要我们真心信任，自然可以感受得到，自然可以接收一个又一个爱的讯息。这个爱的礼物，端看我们敢不敢，相不相信，有没有勇气拿取。

如同综艺节目的恐怖箱，如果一开始，我们就不相信里面摆放着钻石，就算钻石在里面闪闪发光，宝藏近在眼前，我们还是无法鼓起勇气伸手拿取它。那么，阻隔我们与宝藏的，是恐怖箱的黑色箱子吗？还是我们心中的不信任与恐惧？

“你建议我们的听众进行像你这样很危险的旅行吗？到危险的地方还不跟团？”主持人再度抛来一个奇怪的问题，语带轻蔑。

这……该怎么回答呢？每个人只能去寻找他自己自在的旅行方式。对我来说，我喜欢自在地探看，不太适合团进团出，可是对很多人来说跟团是一种很放心的观光方式。

每个人想要的东西都不一样，感觉自在的方式也不一样，至于怎样比较危险，怎样比较安全，这可是见仁见智了。

最安全的旅行，就是待在饭店不要出门，在游泳池畔做日光浴就好了。

更安全的旅行，是根本连飞机都不要搭，不用担心飞机掉下来，连旅游平安险的钱都省了。

若想这辈子都无灾无难，不用冒险，没有任何意外，最好是待在自己的屋里，并且保佑小偷不会闯空门、地震房子不会垮、飞机失事不会掉到自己的屋顶上。

你永远可以选择，这个城市在你生命中，只是一个护照的戳印，代表到此一游，还是你生命里一个灵魂的故事。

你永远可以选择，你要的是一场华丽的冒险，还是一趟安静的旅行。

旅行如此，生命如此。

你的心会告诉你，何必需要别人的建议呢？

“面对这些粗犷贫穷的墨西哥人，他们一只手就可以把你捏死耶，贫穷往往会是犯罪的源头，你不怕吗？而且他们都是陌生人耶！你又不知道他们的底细！”主持人不太客气地质问我，我歪着头看着他，忽然感到一股荒谬。

所以，不该信任的是墨西哥人？

还是不该信任的是陌生人？

还是不该信任任何人？

不是贫穷的人就等于罪犯，不是富贵的人就是无邪。

不是陌生人就等于坏人，熟人就等于好人。

大多数时候，我们对于别人来说，不也是陌生人？到底是谁该怕谁？

恐怖箱里的肥皂，还怕被你摸多了，它就消失了呢！

“即使后来有人告诉你，广场上你偶然相识的墨西哥人是个骗子，你还是选择相信他不曾动过坏念头吗？也许他本来想抢你的钱、偷你的东西等？”主持人继续他的“人性本恶论”，目光灼灼地又问我。

我微笑着，用坚定无比的眼神回望着他，并且真诚回答：“是的，我愿意相信！”

“喔，”他扬起高亢的声音，用一种讥讽的笑声下了结论，“看来我们的作者非常浪漫。”

好，我知道读诗的人不用和屠夫讨论叶慈。

访问至此，我其实很想拿起麦克风敲他的头，不过我的礼教让我还是保持微笑，然后我走出录音室，庆幸对于这个世界，我仍然充满热爱，并且真心信任。

我愿意相信，这个世界上的好人多过坏人。

我愿意相信，善良多于邪恶。

我愿意书写生命的温暖、人性的省思，我愿意鼓励梦想与勇气。

我愿意开放自己，并且真心接纳别人。

当然，万事万物没有保证。

陶渊明的《桃花源记》可没告诉你，只要过了山洞，一定可以柳暗花明。

保罗·柯艾略的《牧羊少年奇幻之旅》也不能保证你真信心追求梦想，一定可以实践。

一路天真的信任，我可能全输，但人生到底怎样才算赢?

选择相信，结果也许会有一半悲伤、一半惊喜。

但是选择不信，我猜悲伤会大一点。

因此，我还是愿意相信美好的存在，并且大步向前，毫不畏惧!

全都怪我太新鲜?

夏季酷热，失业市场却是炎凉。失业率屡创新高，社会新鲜人平均待业九个月。我的学生里，也有许多毕业生，他们投出了为数惊人的履历，他们漂浮在履历海里，不知道何年何月会有一家公司将履历打捞上岸。

有一位学生，在我演讲后，抢着我要回家的时间，一路跟着我坐捷运，红着眼眶告诉我他求职遇到的委屈："薇老师，我投出第一份履历的时候很自信，以为凭我的成绩应该很抢手，马上就会接到面试电话……"无奈这第一份履历一个月后都没有回音，他差点以为是手机坏掉。他开始又投了第二份、第三份、第四份……直到第两百份，还换不到一个面试，他简直要崩溃了。

另外，还有一位学生义愤填膺地问我："薇老师，好多工作都备注要一年以上工作经验。但我就是大学刚毕业，到底要去哪里生出一年的工作经验？如果公司一直不给我们第一次机会，我们怎么会有学习成长的空间？如果一直踏不出这一步，我怎么知道下一步在哪里？”

当然也有好不容易找到工作的同学，好比心如，但这却不见得是一件喜事。

心如一向喜欢小孩，大学时代常去医院为小朋友说故事，毕业后，她去应征儿童剧团的种子教师。经过一连串面试，剧团录取四位求职者参加“免费培训课程，并且享有一个月四千元的车马费”。一个月后考试，如果通过考核，就可以取得种子教师的工作，教小朋友戏剧表演。

于是，从早上九点，到晚上九、十、十一点，心如都在剧团里。

“上课要上这么久？”我疑惑。

“其实只有下午几个小时在培训。”

“那你从早上九点开始在做什么？”

“扫地、拖地、擦窗户、折传单、整理剧团道具……”

“那晚上留那么晚是做什么？”

“晚上教室会有小朋友来上课，我们要去接待家长，有时候也在教室旁边实习。假日有演出，我们要去前台招呼观众入场、引导座位，发宣传单、问卷，结束后也要回收问卷、整理道具。”心如老实地回答我。

我听了，感到不可思议，这些工作听起来像打杂，而且竟然连假日都不得闲。“剧团说，帮我们上课不收钱，还给我们车马费，对我们很好了。”

不免猜想，这到底是“不收钱还给你钱”的师资培训，抑或是月薪四千元的廉价工读？

我心疼地望着心如，问她：“要不要跟剧团反映一下？”

她惊呼着：“不要！绝对不要！”

“为什么？”

“薇老师，我不想让他们觉得七年级生吃不了苦。”

“那你累不累？”

“不累不累！我好不容易有这个机会，我要好好做！”

我注意到，心如的手上、膝盖有很多淤青，忍不住又问了：“这些淤青是哪里来的？”

“培训的时候要滚、要翻啊！薇老师，我都有很认真，要滚要翻我都不怕！我一定要通过剧团考核，成为种子教师。”

一个月后，连同心如在内，四个人都没有通过考核。剧团没有给任何理由，只说不合适。

当时我听了很生气：“去问清楚啊，你是哪里做不好？”

“算了，薇老师，也许我是一颗烂草莓……”

“你怎么会是烂草莓？你这么认真！”我修养比较差，音量都提高了！

“薇老师，只要是新鲜人，就要默默承受，对吗？不管合不合理，我们都没有权利抱怨，不然社会大众又会说我们是烂草莓，对吗？”

我低着头，轻轻帮她上约，揉着她大块淤青的膝盖，心里很痛，实在不知道该说什么。

大众媒体很爱揶揄草莓族，却忘了，不是每颗草莓都是烂的。

我的雇主朋友们常跟我抱怨：“新鲜人，好难用啊！”

新鲜人很难用，还是你不会用？

我重视我的学生，我看到了他们每一个人不同的价值，不明白为什么认真优秀的学生要在茫茫履历海里丧失自信？（当然，我指的是态度认真的学生，白目与状况外的学生，我暂时不替他们叫屈。）

很多雇主希望录用立即可以上手的员工，节省训练的时间与开销。但我也真想请问雇主，也就是现在的各位大老板，遥想当年啊，您是一毕业就上手吗？如果您不是，为什么期待新鲜人会比您高明？

当然，学校单位必须检讨，大学的教育，与职场的需求是否产生很大的落差？否则大学毕业生，为何不堪用？

但我也相当困惑，大学的教育，似乎不该只是为企业训练出立即上手的技术工人。如果我们要的是有创造力的职员、有生活力的国民，那么，大学就不该只是技术的训练场。

不过，新鲜人，请你不要太伤心，这个社会不都是那么冷漠，不是每个雇主都会趁机占新鲜人便宜。当你漂浮在履历海里，也可能遇到一个人，将你打捞上岸，烘干你、珍惜你，让你冰冷湿透的心，重新感到温暖。

请你看看以下这封信。

Dear 萱萱：

如果要用刚毕业的新鲜人，我想你应该是我心里的第一候选。

这不是为了告诉你这次没入选所说的客套话，主任向来不爱这些虚文。

萱萱，我要这样说，我对你的印象很好，看起来你就是个肯学习、肯努力的孩子，不管你将来会不会从事媒体这行业，我相信假以时日你都会在职场里崭露头角。

没有工作经验、缺少应征的经验或是提案不够精准，那都是时间可以磨炼出来，你无需扼腕，现阶段你需要的可能是一个低一点的垫脚石。

主任退伍当时也一心要进入报社，但在那报禁未开的年代何其难啊！我的第一个工作是在一家报道八卦的杂志当编辑，薪水很少、工时很长，但我常常主动想题目，要总编让我去做采访。待遇和付出当然不成正比，但到现在我还是很感激有那段磨炼，两年后我终于进入大报当编辑。

我说这段故事，其实在告诉你，不必急于一时，当你做好准备的时候，机会来了，你才能从容不迫迎向前去，否则你只有左支右绌，最后含恨退场。谢谢你来应征，我很欢迎你有任何问题，随时给我信。

这是一封信。一位报社高层长官，写给一位社会新鲜人的信。

报社长官，是我以前的主管。

社会新鲜人萱萱，是我的学生。

不久前，报社在征南部地方中心记者，报社主任告诉我，他看见一份很不错的履历，上面注明曾经是我的学生，于是来向我探询我对这位学生的评价。

主任不讳言："我其实不想录用刚毕业的新鲜人，你知道，报社工作很枯燥，之前我录用了几个新鲜人，竟然做不到两个月就跑了。一直重复培训新人，实在让我很困扰。"

我默默听着，不敢打断。主任说的没错，我不否认，真的有这样的新鲜人：约了面试，迟到、爽约，却没有一声通知。或是，工作上遇到问题就把爸妈抬出来。或是，稍有不顺心，随手发一通简讯就潇洒离职。

但是，真的也有不错的新鲜人，萱萱就是其一。于是我挂保证："主任，萱萱资质好，也很愿意学习。"

后来，主任让萱萱参加面试。所有面试的人都必须试写企划案，萱萱显然经验不足，在企划案上落败。不过，主任竟然在百忙之中，亲自回复萱萱，分析她企划案的不足之处，还附上鼓励的信函。

萱萱无疑是幸运的。不是每一位学生都能遇到这样的面试者，看重一位新鲜人的第一步，就算不录用，也用自己过去的经历来勉励对方。大部分学生的履历是石沉大海，莫名其妙被挡在门外，连自己哪里不好都不知道。

假如新鲜人不相信自己会被善待，雇主不相信新鲜人的能耐，相互不信任，只会造成职场的更加萎靡。

太新鲜，不是错。各位大老板，凭您的智慧一定知道如何从草莓的酸涩当中尝出甜味吧!

我想陪你跑到终点

我会走路，但我不会跑步。

学习走路可能在我几个月大的时候已经发生了，但是学习跑步我可是第一遭，因为我报名了一场马拉松比赛。竞赛组，十公里。

“十公里？”叔叔知道的时候，惊喊起来。

“嗯！”我好老实地点头。

因为这场十公里的比赛，我只好开始在家附近的国小操场练习。操场一圈是两百公尺，我歪着头，疑惑问：“十公里，不知道这个操场要跑几圈？”

叔叔算一算，说：“五十圈。”

“五、十、圈！”换我大叫出来，嘴巴张得好大！

“嗯。”叔叔点点头，同情地望着我。

那次练习我只跑了两圈半。心中隐隐感到不妙，五十圈……

日子过得很快，一下子到了马拉松比赛当天。

天气很冷。入冬以来最强的寒流就是这天了。

早上五点，天还黑的，我已经穿戴整齐，准备出发。

台北捷运因为这个活动提早启动。灰暗暗的天空下，一个个人影往入口窜，在厚围巾后面露出善意的目光，有默契地对望而笑，我知道，这些都是我等一下的伙伴。

这场马拉松，我怂恿姊妹淘蕾蕾跟我一起跑，因为要“一起跑”，所以她也报名了十公里组。她也是因为这场马拉松，开始学习跑步！

主办单位发给我们运动背心，上面别着我的号码“20170”，我新奇地接过。接着，将记录时间的芯片感应器绑在脚上，再把身上所有随身物品，从钱包到手机都交给主办单位保管，减少物质的牵绊。等会慢跑时，单纯地只剩下身体与道路。

搓搓手，十度低温，我脱下外套，穿上运动背心，说也神奇，当运动背心一穿上，当下有一股神圣的力量涌入，贯穿全身。这股力量在告诉我：从现在起，我是一个运动员！我要挺直腰杆，全力以赴，直到终点！

于是，运动员我精神抖擞地在寒风中迈开脚步，在旗帜与鼓鸣下热情起跑。一开始就是超级慢的速度，蕾蕾也是。蕾蕾是个不运动的上班族，担心她会体力不支，我先提醒：“不行的时候要讲。”

“好。”

我不放心，又补了一句："假如……真的没跑完也不会怎样，我们没有要拿奖牌。"

跑到三公里的时候，没吃早餐的我开始头昏。

我偷看蕾蕾，蕾蕾呼吸均匀，步伐稳健，看起来很不赖。

四公里过去了，我感觉胸口胀痛，脚步渐渐慢了下来。

五公里的时候，路旁出现清凉短裙的年轻辣妹啦啦队，我挤不出一个笑容。

我跑过一间一间灯光明亮的速食店。

我跑过一间一间香味四溢的早餐店。

我跑过中正纪念堂附近，啊！这儿离我家不远了，跳上计程车过个桥就可以回到温暖的被窝了……

计程车、计程车……我好想念你啊……

路程转进中山南路，中山北路一段、二段。

我不行了，渐渐变成走路。

偷偷瞄了蕾蕾一眼，蕾蕾怎么还没有放弃呢？

蕾蕾问我："薇，你还好吗？"

我疲累地觑她一眼，不要问我，我没办法讲话……

我的视线迷蒙，脚步蹒跚，跑跑走走，有时我落后，蕾蕾会放慢脚步等我，我见状，只有咬着牙，继续往前跑下去。

过了美术馆，上了台北桥，快看到忠烈祠……

七公里、八公里、九公里……

终于开始倒数……

四百公尺、三百公尺……

还要多久，脚仿佛有千斤重，吁吁吁吁，我快往生了吗……

路旁裁判为我们加油打气："你们是跑着出发的，一定要跑着回终点！"

剩下一百公尺了！对！我是运动员薇薇，我是跑着出发的，我要跑着回终点！我再度举起脚步，在体能极限下，冲过了终点，让脚上的芯片感应器记录下我人生第一个十公里马拉松竞赛时间！

蕾蕾和我又跳又叫，激动相拥，蕾蕾兴奋地说："薇，你好厉害，竟然真的跑到最后，我一直以为你会放弃。"

"拜托！……我都快崩溃了……可是我看你没有停下来，我想是我找你来参加的，你没停，我也一定要陪你跑完！"

蕾蕾惊讶地看着我："不是啊！我看你都没有放弃，所以我才不想放弃。你期待了这么久，所以我想陪你跑到终点！"

原来是这样。

因为有你，反而能够坚持到底。为了成就对方，反而让我们一起跑到了终点，最后成就彼此。

如果只靠自己微薄的力量，微弱的意志力很容易就被摧毁。

原来，人生的奋力一搏，很多时候，不光为了自己。

正好隔天，我在课堂上看到学生播放大陆很知名的谈话节目《鲁豫有约》。那集节目里，访问章子怡。章子怡谈到当初她拍电影《卧虎藏龙》时候的辛苦，那一年，她才二十岁：“我一个人在拍片现场，没有亲人，没有助理，只有我一个人。很多武打动作我不了解，压力很大，天天都在哭……”

主持人问她：“那么苦，你怎么没想过放弃算了？”

章子怡说：“因为我不要让李安后悔，他选了我，没选别人。”

原来是这样，她想证明给导演李安看，他的眼光是明智的，他的赌注是对的。

那一集的节目标题是：“奇迹人生”。一个青涩的小女孩用十年的时间淬炼成为国际巨星。

有些时候，我们努力，因为不忍心辜负一个期待的眼神。

那个眼神来自于器重你的人、你在乎的人、你深爱的人、深爱你的人、包容你的人、给你机会的人、对你一路相挺的人、无怨无悔陪着你的人、在冰天雪地还愿意跟着你往前冲的人……

眼神不说话，却掷地有声地敲击着心头。

让自己失望就罢了，让自己在乎的人失望，恐怕比让自己失望还难过。

记得我刚上研究所的时候，第一次交报告，我很努力但是却拿了全班最低分。那天下课我一路坐车回家，手里握着报告，眼泪静静流下来，心里很想休学算了。不过我想到当初为我写推荐信的老师，她是如何拿自己的声誉去跟学校保证我是一个勤奋的孩子，才让我有面试入学的机会。想到老师的期望，我擦干眼泪，当下跳下公车，折返回学校去，乖乖回到图书馆，为下一个报告做准备。

后来，学期末的时候，知道自己拿到非常高的成绩，第一件事，就是打电话告诉老师，我没有让她失望。

每当自己想偷懒的时候，找不到人生动力的时候，想想身边关爱自己的人，忽然觉得，又有了新的动力往前迈进。

这是一种温暖的力量，让我们在每一次失温的时候，迅速加温。在几乎就要放弃的时候，鼓励着我们，再试一下！再试一下！

祝福你身边有温暖你的人，祝福你也是那个温暖别人的人。

薇 OS：不过，话说回来，要是马拉松那天，我身上有个两百块钱的话，说不定我早就一溜烟躲进香味四溢的温暖早餐店去了！人性的脆弱啊，还是不要随意考验的好呀！

薇 OS：几天后，芯片感应器成绩纪录揭晓，我是分龄女子组的第 587 名，那么，总共有几名呢？698 名！再接再厉的空间很大啊！

一颗星星的高度

连续几天，蒨挂在网路上。MSN 的昵称很消极。

“要怎么样才不会痛？”“走，不要回头。”“还要痛多久？”

在这些昵称后面，有一个神秘数字，标着 30、31、32……42、43、44……

我留意到，是一天增加一个数字。

我猜，她处在某个极大的痛苦旋涡里面，我不知道那是什么。

我很担心，忍不住敲了她。

告诉她，如果需要人说话，我一直都在，也非常愿意陪伴与聆听。

她回我一个笑脸。

画面静止不动。

我不再打扰。我知道所有的悲伤痛苦都需要时间。

直到今天，倩又上线。数字变成 46。

她忽然敲我：“我一直哭，没办法停止……”

原来，故事是这样的。

那天，他们一起吃了早餐，男友送她去上班，两个小时后，心肌梗塞，急救无效。

“我好痛，真的好痛，没有见到最后一面，没有留下一句话，我要怎么样才能不痛？”

他们交往多年，倩今年三十岁，两人是论及婚嫁的情感。今天是他离开的第四十六天，是她 MSN 昵称上的神祕数字。

“我可以体会薇爸当年的心情了，薇，你可不可以告诉我，薇爸当年是怎么不痛的？”倩问我。

当年……

当年是八年前。

我的二妈，老爸的第二个太太意外坠楼逝世。倩当时是我的工作伙伴，目睹我经历骤然逝亲的失心过程。

老爸是怎么不痛的？我不敢问。只记得，每次走进那个空荡荡的大房子，那个二妈与老爸的家，我听见，整间房子都在哭泣，低低地，隐隐地，空气中的粒子轻撞着粒子，每颗粒子都有一滴眼泪。

房子很冷，失去一个人，像是失去全世界的温度。

客厅里有大面洁净的落地窗，阳光却在窗外徘徊。

我打开窗，高楼的风踉跄跌进来，呜呜咽咽。窗帘吹起，陡然翻飞，如飘扬的招魂幡。

折不完的莲花座，听不尽的诵经声，拉不回老爸急速消落的体重。

痞子老爸不再意气风发，默默瘫在客厅，动也不动。

我在一旁什么也不能做，上市场买菜做饭，在厨房洗洗切切，萝卜的花纹像灵堂上一朵朵安静忧伤的葬花。

哗啦啦的水流声在耳边喧嚣，我还是一直听见，房子在哭。白天黑夜，黎明黄昏。

事情发生的当天，老爸站都站不稳，想随着二妈去。

奶奶在一旁，撑着他，静静地说了一句："在我面前，你不能说这样的话！"

爷爷走的时候，奶奶很坚强。二妈走了，奶奶希望老爸也坚强。

就这样，八年过去了。

几天前，老爸刚去大溪探望二妈回来。她的骨灰安放在很好的位置，山明水秀。

陪老爸去的，是老爸现在的伴。

要怎么样才能不痛？

《西雅图夜未眠》失去爱妻的汤姆·汉克斯说："每天早晨离开床铺，我会提醒自己要记得吸气与呼气。过了一会，我就可以不用再提醒我自己要呼吸……”

悲伤的时候是一种身心分离的状态。身体在做什么，心里可能都不清楚。心里知道身体该去做什么，身体又往往做不到。可是日常生活全然失能，心里也不会好起来。

但是，每天如常地吃饭走路睡觉，心中不明白的疑惑仍是挥之不去。

为什么走了？为什么离开了？

为什么早上还一起吃早餐，晚上他已经消失了？

像在沙滩上握起一把沙，上一秒明明还在手中，为什么这一秒手心是空的？沙的触感还在，明明还温温的啊！可是沙呢？

重病失亲有心理缓冲期，意外骤然逝亲，是那么措手不及。

为什么是他？为什么不是我？为什么带走他？为什么留下我？

是我比较好，留我下来好好活着？还是我比较坏，留我下来承受悲伤？

走的人走了，云淡风轻，但留下来的人，要怎么活下去？

有人说，对亲人的思念如同一条风筝的线，抓住它，魂魄就不能去投胎，所以放手吧！

有人说，痛痛快快想念吧！肆无忌惮地哭吧！到再也流不出一滴泪，悲伤就过去了。

无论怎么失序，狂乱的日子终有一天要过去。

哭哭痛痛，一步一步，一点一滴，把悲伤收拾好，人生还是要继续。

老爸探望二妈回来的中午，是我们家族聚餐，老老少少热热闹闹。

大姑姑笑着夹了菜在我碗里："吃！吃！过了一年，又长一岁，嫁不嫁啊你？"

"我老爸还单身，我哪里敢嫁啊？"我扒着饭，胡乱回着。

二姑姑也搭腔："干脆你跟你爸，大家喜事一起办一办啦！"

痞子老爸马上抗议："这样我很忙耶！又是新郎又是主婚人，又要结婚又要主婚，哪里忙得过来？"

八十五岁的奶奶在旁边睨了老爸一眼："真是胡说八道！"

我望着老爸，想着刚刚他在大溪为二妈上香，一年一年，清明过年祭日。我不敢问老爸，后来，你是怎么不痛的？你是怎么走出来的？

老爸摸着老狗皮皮，"皮皮啊！你要活久一点啊，我历任老婆还没有一个跟我走到过二十年的！"

老爸的第三个伴，虽没结婚，但也算是三妈，她在旁边吼起来了："喂喂喂！老鬼！我可没说要伺奉你那么久啊！"

痞子老爸和三妈向来爱斗智斗嘴。

我觉得，这样，很幸福。

也许我们要的幸福也不过就是，早上起床说早安的人，还能够一起说晚安。

爱跟你斗嘴的人，下一秒还能反击你。

杯子没洗、牙膏没挤好，唠唠叨叨的话语讨厌死了明天还能再听一次。

能这样，就够了！就够幸福了！

三妈抓了一颗枣子，递过来，眼神有意地望着我："早生……"我赶忙挥手，"别！别再催啦！我的姻缘都被你们上一代用完了啦！"我求饶似的。

"对啦、对啦！我做人不成功，做不成阿公啦！"老爸又耍痞了。

要怎么样才不痛?

当下一个季节来临，下一朵花绽放的时候。

也许我们就会知道，花开的时候，懂得珍惜。花落的时候，明白这是生命的必然。

我们不用科学的知识去理解生命的周期，开始学习用智慧去体悟生命的无常。

我还不知道怎么面对死亡。

如果最大的世界是宇宙，我愿意这么去思考，虽然我们不属于同一个人间，但仍属于同一个宇宙。

天上与人间，都包含在无尽的宇宙里，我们还是身处同一个时空中，只是彼此站得距离比较遥远。

天上与人间，不过是一颗星星的高度。

无助的夜晚，抬起头，看见夜空的星星，有一颗就是他在的方向。温柔地，光亮地，守护着我们。

课堂失语魔咒

又是一个新学期的开始，秋天来了，四季轮转，有些事情会悄然改变，有些事情，总是要重来一遍。

好比，带着一百多位大学生，学、说、话！

也许你想，说话有什么难？开口就是了！嘿嘿，如果你当过学生，一定有过这样的经验，心跳加速，声带启动，口干舌燥，话已经滚在嘴边了，却硬是开不了口……

“各位同学，大家有什么想法呢？”在一段授课后，我笑脸盈盈抛出这个问句。

台下鸦雀无声。

“如果一时想不出什么想法，那……大家有没有什么问题要问我呢？任何你不清楚的地方？”我笑脸盈盈地抛出第二个问句。

台下仍是一片沉寂。

一百四十双眼睛，与我对望。一百四十张嘴，双唇紧闭。我将目光从教室左边环视到右边，再从后方扫瞄到前方。我隐隐感觉到，同学们心中忐忑不安，对我有种避之唯恐不及的慌张，眼神轻触到我的目光，零点三秒内赶紧低下头来，个个呈现苦思状、呆滞状、紧张状、混沌状，状状传神。

喂！同学们，有没有搞错，我是你们口口声声最口爱的薇老师耶！怎么此时此刻，看见我简直像看见妖魔鬼怪？

不过，老实讲，我一点也不意外这样的反应。

每当这种沉默时刻，我耳边总是很跳tone地响起一首老歌：不说话，她就是不说话；不说话，她就不说话……原来她缺了一颗大门牙！

学生不说话的原因，和门牙没什么关系，和心病息息相关。

大部分同学宁愿选择做沉默的大多数，也不敢冒风险在课堂上表明立场。同学抵死不肯说出自己的想法，老师像是把石头丢进深潭，连水波纹都没有。

但是不回应，不表示真的没有问题。不说话，也不是真的没有想法。然而任凭老师在教室走八圈，问题问十遍，情况也不会改善，反倒会让室内气温骤降，降到零下几度，大热天连冷气都不用开了。

“有没有问题？”“你有什么想法？”“你觉得呢？”类似这样的问句，像一句魔咒，不论前一秒全班如何聚精会神、哄堂大笑，只要这些句子一抛出，就会将课堂瞬间冰冻凝结，同学笑容开始僵硬，嘴角微微颤抖，但就是吐不出一句字。我手中没有魔法棒，然而这几句魔咒的威力却屡试不爽。

在公开场合开口说话，畅所欲言发表自己的观点，与其他同学切磋交流，这似乎一直是台湾学生的学习挑战。学生下课的时候叽叽喳喳，像关不紧的水龙头哗啦哗啦，但是一旦打了上课钟声，进入课堂，就很难侃侃而谈。这种情形从我求学的时代，到我现在至校园教书、演讲，并没有太大差异。

更怪的是，上课的时候都没问题，下课钟声响起，当我抱着课本准备离开，前脚都还没跨出教室，同学便又纷纷围上，开始冒出数量惊人的问题。原来，大家不喜欢公开把话说清楚，但却习惯私底下解决。这是害羞？是胆怯？还是恶习？实在让我苦恼。

在课堂上发言，真的有那么困难吗？我想，一开始，我不要求说话的内容要言之有物，但希望学生最起码有开口的勇气。

看看我眼前，魔咒开始发威了。鸦雀无声的教室，弥漫一股冷飕飕的气氛，同学坐立难安。为了舒缓大家的焦虑，我转过身，拿起白板笔，问同学们："来来来，请大家来告诉我，在课堂上，你不敢发言的原因有什么？"

台下面面相觑。（我猜，同学的内心 OS 应该是：都已经不敢开口了，老师你还要我开口说出为什么。）

"说嘛！说嘛！"我向来使命必达，不屈不挠。

同学们对看一眼，过了一会，终于有个微小的声音吐出来："怕丢脸。"

"喔？怕丢脸……还有呢？"

接着，同学情绪高涨、七嘴八舌，各种罹患“课堂失语症”的原因一个一个被揪出来了：怕说错、怕太高调、怕老师听不懂、没有答案、懒得想答案、怕被笑、跟大家不熟、上课睡着了、没自信、口才不好……

黑板上洋洋洒洒，一列列出十多个。

好吧！有了原因，至少可以对症下药。

“怕说错？这堂课，没有对错。我们不是在教程式语言，也不是数学习题，一加一等于二的答案，不在这里。薇老师比较在意你的感觉、你的想法、你的态度，这些意见统统没有对错，只有你自己信仰的价值。你，就是你，不要害怕去展现你的想法。

“怕老师听不懂？这有可能是你解释得不清楚，也可能是我听得不明白。如果是你的问题，你正好可以趁机训练自己的表达能力。如果是我的问题，薇老师可能不够聪明，但我很愿意聆听。所以，如果我听不懂，请你有耐性再为我讲解一次好吗？

“懒得想答案？嗯嗯，你可以思考得不完整，但不能拒绝去思考。如果你坚持要懒，那我也懒得理你了！

“没自信、怕被笑？拜托！不要没自信了，你就是你，不需要跟谁比较，百合与牡丹，本来就是不一样的花，都很美丽。如果有人笑，那你要欣慰，今天成了大家的开心果，日行一善。而且，恶意嘲笑跟会心一笑是不一样的，我相信我们班上同学都是有幽默感的吧？

“口才不好？那你更要把握机会多说话。刀越磨越利，话越说越溜嘛！

“跟大家不熟？大家多说话，自然就会熟了。”

讲了半天，台下同学渐渐有些血色，气氛活络起来。

我继续看着黑板，看到一个无法发言的原因：睡着了。

“上课睡着？”我扬起音调，如果真有这种状况，对我简直是晴天霹雳，我把问题抛回给同学，“嗯……请大家告诉我，如果在你方圆百里之内，你发现同学有ZZZ的征状，应该怎么办？”

就在此时，有个同学兴奋地说：“薇老师……我知道该怎么办！”太好了，没想到立竿见影这么快速，一阵信心喊话后，已经有同学敢率先发言了！

“快！亲爱的同学，快告诉我！”我洗耳恭听……

这位同学大声喊出：“如果有人上课睡着了，要记得帮他盖外套！”

全班哄堂大笑，我拿着麦克风的手差点不稳。好吧！横竖是个有创意的答案。

再看看另一个原因，这就让我舒服多了，整个人飘飘然。

“看见薇老师惊为天人，所以就哑口无言了！”真是谄媚（窃喜）。

“好吧！如果是这样的理由，薇老师只能说，大家要好好训练‘美色当于前而色不改’的沉着吧！该你讲话的时候，你还是要发言！而且，薇老师仍然会继续用百变造型来上课，提升大家的发言竞争力。嘿嘿！”

学说话之前要先有开口的勇气。大学是训练独立思考与言论自由的场域，我很乐意在每个学期初花上一些时间，与学生建立默契与信任。不怕乱说话，不怕说错话，不怕话太多，就怕不说话。

套句张惠妹的歌词：

我不要你的承诺 不要你的永远 只要你真真切切回答一遍
就算瞎掰也好 胡诌也好
最怕你把沉默 当作对我的回答

我在我的教学大纲上加上一行粗体字："这门课最喜欢你讲话，请没话想话说，有话大声说。多说话，有益身心健康。多说话多说话多说话……"

开口说话，是建立自我存在感的第一步，是将脑中纷乱思绪整理出组织逻辑的训练。下次该你说话的时候，就别再支支吾吾了吧！

白天的女孩与黑夜的女孩

我遇见了两个女孩，她们恰恰好都是十五岁亮丽缤纷的年纪。

遇见这两个女孩的时间，也恰恰好是在同一天。

一个在白天，一个在黑夜。

白天，我参加一场私人音乐聚会。聚会场所在台北市中心昂贵地段的豪宅里。女主人是企业家太太，雍容华贵，气质优雅，长发绾成髻，柳叶细眉精致完好，轻声细语，丝毫没有财大气粗的庸俗。偏爱艺术文化，大厅墙上挂着当代名画，角落立着雕刻工艺品，落地窗边插着韵味独具的粉嫩梅花，在这个时节绽放得正美。抬头望去，整片墙面摆满壮观的书籍与CD，书香与乐音是这个屋子里流动的气味。

参加聚会的人不多，背景来自艺术、文学、音乐、剧场。在我们一同聆听部落音乐的那个午后，我遇见了第一个女孩。女孩是贵太太的女儿。十五岁，休学在家，说是对学校适应不良，暂时在家休息，重新找寻人生方向。

女孩长得白净可人，纤瘦寡言，表情有些迷蒙，随着音符歌声的起落飞旋，女孩轻轻摇晃身子，细长的发丝飘啊荡啊，青春的迷惘与别扭也随之柔柔飘散。

“这孩子也不知道在想什么……”聚会中途，贵太太忍不住对着我担心地叨念了起来，“这个家什么都有，就是不知道她想要什么。……既然不知道她喜欢什么，所以只有让她广泛接触，像这些音乐啦、文学啦、艺术啦，各个领域都让她了解一下，这样也许她会比较清楚。”

贵太太说着，女孩在一旁听见了，脸上涌起一股闷气，好似对母亲煞费苦心的安排并不领情，想要反驳些什么。

贵太太不经意望见女儿倔然无礼的表情，按捺不悦的情绪，挥挥手，不想再和女儿说话了。贵太太手腕上挂着精巧的手镯饰品，晶莹水晶叮当垂坠，当她扬手摇晃的时候，我听见滴铃铃、滴铃铃的声响，像一阵细微的叹息。

“唉！”贵太太叹了一口气，淡然地说：“随她去吧！看看休学的这段日子要去东京、纽约，还是伦敦晃晃，孩子大了，我管不着她了。”

聚会结束，我默默走出这栋华美的房子。出了大厦，抬头一望，夜色已经全黑了。

这个夜晚，一位阿姨来家里拜访。阿姨是旧识，住在屏东枋寮乡下，很久不曾来探望我们。这一次上台北，她是带女儿来医院复诊。

于是，阿姨的女儿，十五岁，是我这一天遇见的第二个女孩。

女孩出生的时候心脏便有问题，很早就动了开心脏的手术。她身体上残疾的部分不只心脏，还有耳朵。女孩一出生就没有左耳，那清秀瘦小的脸庞，掀开左边黑发，便露出一片平坦的颅颜。

“有谁像我一样没有左边耳朵呢？”多年前，女孩在很小的时候曾经沮丧地问我。

“你知道有一个画家叫作梵高吗？他跟你一样没有左耳。”我回答，也许对她的悲伤并没有帮助。

“他的耳朵是被月亮偷偷割走的吗？”手指月亮会被割耳朵的传说，是同学告诉她的。

“梵高耳朵不是被月亮偷走的。不过，没有耳朵也没关系，梵高还是一位了不起的画家。他的画到现在还感动很多人。”我说。

“他没有左耳也很了不起吗？”女孩不太相信地再问我，眼睛晶晶亮亮的。

“嗯！”我肯定地点点头，再次强调，“没有左耳，也很了不起。”

“真的？”她问。

“真的！”我回答。然后，我和她打勾勾，说：“骗人是小狗。”

经由颅颜基金会的资助，女孩经过三次手术植皮重建，终于拥有一只完整的左耳。虽然这只耳朵没有实质上的听力，起码它端端正正出现在脸颊旁，不精致但至少不缺憾。

女孩的母亲鼓励她：“没关系，我们至少还有一只耳朵听得见。”

幸好还有母亲。因为女孩的父亲终日酗酒，分不清晨昏。女孩从学校背着书包放学回家，父亲昏茫茫地望着她，将月光当成日光，又催促她赶快去学校上课。父亲无力拿钱养家，家中经济单靠瘦弱的母亲每日在果园里打零工。

女孩从来没有进电影院看过电影，要看书都是站在书店，舍不得买回家。

有次，里长送来一包远方救济的白米，母亲感动得流下眼泪，告诫女孩：“这个社会上有人愿意这样帮助我们，你要牢牢记着，将来有能力，也要帮助别人。”

母亲没有受过高等教育，没有可靠的丈夫，没有厚实的经济。只有爱。

这个黑夜，我与第二个女孩见面的时候，耳畔犹回荡着白天贵太太家里附庸风雅的悠扬乐声，可是眼前的视觉上却望着受苦的灵魂。我为此感到十分恍惚与不安。

女孩的母亲哀伤地对我说：“这个家，她想要什么都没有。连最基本健全的身体我都没能生给她，如果她变坏了，我也无话可说……”母亲说着，泛起自责的泪光。

十五岁是青春期叛逆的年纪。这次见到女孩，我感觉，她比多年前更加沉默阴郁，有种漠然坚决地阻隔了外界。

“她一向喜欢你，知道你小时候也是站在书店里看书的，你帮我跟她说说话，叫她不要学坏好不好？”

时间晚了，这对母女即将赶回南部，我匆匆把书架上适合她阅读的书籍、音乐、影片全部装箱打包，叫快递为女孩运送回去。

女孩离开前，我在月光下直截了当地问她：“你会不会变坏？”

我的眼神深深望着女孩，温柔中有期许。女孩有点愣住，然后慧黠地笑了出来，眼睛晶晶亮亮的，她语气肯定地说：“不会。”

“真的？”我问。

“真的！”她回答。然后，她和我打勾勾，说：“骗人是小狗。”

我笑了，放心许多。很深的黑夜里，第二个女孩，就这样离开了。

站在窗边，目送女孩远远离去，忽然间我感到前所未有的疲累，这一日的白天与黑夜都显得格外漫长难耐。

这天睡前，我对着月光虔诚祈祷：

但愿白天的女孩能够体会她身边的阳光是多么灿烂，永远珍惜。

但愿黑夜的女孩不要畏惧身处的幽暗，永不放弃。

永远的芳姐

偶尔，我会想起芳姐。

如果你曾经看过琼瑶的经典电视剧《庭院深深》，也许会记得有个角色叫作“翠珊”。

翠珊是弱智少女，头发胡乱绑成辫，五颜六色的衣服全挂在身上，最常说的台词是“翠珊怕怕”。翠珊是愣乎乎的小傻瓜，芳姐就是我们家的翠珊，我生命中驻留过好长一段岁月的小傻瓜。

芳姐来到我家是我读幼稚园大班的事。

当时我们家住在内坜的眷村，那个年代，眷村人手头似乎都不阔绰，日子过得捉襟见肘。老妈为了补贴家用，利用家中一处边间的房间，添些器材开了家庭式发廊。从此，买菜经过的会来这里纳凉歇息，下午闲暇时光则挤满洗头聊天的邻居，我们家好似一个眷村女人补给站，或是，八卦俱乐部。

眷村里，大江南北的人齐聚一堂，一屋挨着一屋，一舍挨着一舍，没有距离，没有秘密，谁家打破一个碗，谁家买了一根葱，谁家的孩子被罚站，谁家老公喝醉酒，都像是自家的事。你家煮饭的香味会飘来我家，也很正常，“四海兄弟、天下一家”，其实整个眷村就是一个家。

所以，芳姐一开始每天在孟妈妈家搭食，似乎也不算什么稀奇的事。有天孟妈妈来跟老妈抱怨，白天家里只有她一人，她实在懒得每天中午还得为了芳姐买菜开伙，因此她热心游说老妈：“小佩啊！你心肠这么好，反正你喂两个小孩跟喂三个小孩都一样，干脆让她来你家吃饭吧？”

据孟妈妈绘声绘影的描述：芳姐是对面巷子里魏先生的女儿，“魏先生啊，他欠了一屁股赌债，老婆也跑了，可怜他的小女儿，生下来就没妈妈，小时候发烧又烧坏了脑袋，魏先生没钱养她。我常常看见她饿肚子坐在家门口耶……”

老妈耳根子软，成长过程中，我和老哥捡回过流浪小猫、小狗、小鸭子、小兔子，她统统来者不拒，现在想起来，老妈的爱简直没有任何界线，对生命的包容是包山包海。我不知道爸妈讨论了多久，反正在一个洒着阳光的午后，芳姐就这样传奇似的来到我家，走进了我的生活。那一年她十二岁。

一开始，芳姐每到午饭就会悠悠出现，也不多说话，吃完饭傻傻笑着，找个地方一坐就是一下午，吃完晚饭她就自己回家。后来，她在我们家的时间越待越长、越待越晚，有一个台风天，老妈不敢让她冒着风雨回家，她就这样顺理成章住进我们家了。

芳姐身上时不时飘着一股酸酸的味道，像是汤汤水水全搅和在一起发酵的怪味。老妈开始灌输她卫生观念，告诉她每天要洗澡。芳姐第一次在我家洗澡，老妈指着她身上的衣服跟她说："这些衣服破破旧旧的，不要了，我拿新的给你穿。"

洗完澡没多久，芳姐穿着新衣服坐在客厅，一身舒爽香喷喷，朦胧的目光好似都清明起来。老妈很满意，顺口问："你原来的脏衣服呢？"

芳姐还没回答，"咚咚咚"忽然门口袭来一阵急促的敲门声，伴着隔壁姚伯伯急恼的叫嚷："小佩！小佩！开门啦！"

我们急忙忙跑出去，姚伯伯气急败坏地指着他家屋顶，忿忿地指控："小佩，你看！我亲眼看见是她搞出来的……"姚伯伯一指就指向芳姐。

原来，芳姐莫名其妙把她的衣服丢到隔壁姚伯伯的屋顶上，于是一件女生的裙子就这样半悬在屋檐随风晃呀晃。屋内的姚伯伯听到屋顶声音跑出来查看，一看差点昏厥，民风保守的年代，一件女用裙子光溜溜挂在门前，真是不害臊。姚伯伯整个脸气得涨乎乎。老爸与老妈哭笑不得，只有搬出梯子，两人一搀一扶爬上屋顶，在月光下捞裙子……

芳姐曾经因为高烧把脑子烧秀逗，这个传言或许是真的。因为她没有上学读书，讲话不清不楚，反应又慢又拙，不如一般十二岁的孩子那么聪明伶俐，五岁的我正是她恰如其分的玩伴。

老妈每天忙碌于发廊的工作，我们有大把的时间可以乱玩。

我们会在榕树下把一片片落叶，用细木棒串成皇冠；也会把五彩的花朵挤出汁液，搽在手指上当作指甲油。我们会趁着没人在家时，把录音机开得震天价响，然后穿上妈妈的大高跟鞋，随着卡通《小甜甜》的音乐翩翩起舞；也曾经蹑手蹑脚爬到邻居的屋顶上，只为摘取一片所谓“被喷上香水”的玉兰花叶。

老妈不知道我们玩些什么，但是老妈却没忘记，芳姐差点把我和哥哥弄丢……

由老妈的记忆拼凑起来，那天最后看到我们是傍晚时分，天寒地冻的冬日，老妈告诉芳姐只能在家门口玩，等会儿要吃晚饭，不能跑远。一眨眼的工夫，天已经全黑，老妈出来喊人吃饭，四处找不到我们。

芳姐十二岁，哥哥六岁，我五岁，我们全消失在黑夜里，任凭老妈扯开嗓子呼唤，只有风声呼啸而过。暗夜，全村总动员，荧荧的灯火遍地飘飞，小山丘、小溪边、大树下、大操场、废弃的空屋，这些孩子常去的地方，都没放过。

老妈嚎哭到全身瘫软，喘不过气，只能跪在门口祈求观世音菩萨显灵保佑。村长最后在荒僻的田埂边找到我们。应该就是迷路了，芳姐不知道该怎么走回家。我瘦小的身躯冻成冰棒，脸色发紫，眼神呆滞，老妈夸张描述：“你看起来好像快挂了，快把我吓死……”芳姐仍一脸平静，依然活在世界之外。

几年后，老爸决定举家从内坜迁移到台北，但，芳姐该怎么办？

魏先生没有想要留下她，反而希望芳姐跟我们一起走。我们没有大富大贵的生活，多添双筷子、同挤一张床，芳姐跟我们同吃同住多年，俨然是一家人了。

离开眷村，搬到台北这个大都会，我的童年似乎也渐渐落幕。然而就在我一年年成长的同时，我却发现芳姐与我之间的距离。我会长大、会懂事；芳姐，不会。

她的智商并没有因为多领了几次压岁钱而增长，肢体也没有因为抽高长长而灵活。这样的她反而成了我们家又好气又好笑的活宝。

夏日炎炎，蚊子出没，芳姐拿出杀虫剂四处喷，最后喷死了后院哥哥养的小白兔，芳姐无辜解释："我怕蚊子会咬兔子啊……"

同样体贴的举止，还包括寒流来袭的大年夜，为了怕鱼缸中的鱼会冻死，所以芳姐打开加温器，加热再加热，终于熬成了一锅鱼汤，鱼魂暖殇。

芳姐不知好坏、无辨善恶，反应都是直白白的，所以她曾在老妈生病不想接电话时跟对方说："我阿姨说她不想接你的电话……"害老妈赶忙从床上爬起来解释。

她也曾经过服饰店，禁不住老板娘的大力推销，回家直接打开老妈的钱包，拿了钞票去付账，带回两大袋花花绿绿的衣服。老妈发现后，只有拎着芳姐，硬着头皮去找老板娘，一边道歉一边鞠躬，把衣服退还回去。

芳姐的识字能力不好，应该说，除了简单的阿拉伯数字，她大概只认得自己的名字。

有一年圣诞节，不知从哪冒出一个令她心仪的男孩，所以她想要趁着节庆送给男孩一张贺卡，在我帮忙写完“祝福你佳节愉快”等等字样后，我把签字笔递给芳姐，怂恿她：“你要自己签名才有诚意。”

“喔。”

“而且只能签两个字喔！”我再三强调。

最后我看见芳姐握着笔，歪歪扭扭签出“魏芳”两个字，而不是“芳梅”。

嗯，是我忘了交代，要签后面两个字才对。

日子翩然飞逝，不全然都愉悦舒适。

芳姐渐渐长大，已然是少女的身形，芳姐与我睡同一间房，老妈教会芳姐洗衣、打扫、做家事，魏先生常出现我们家，说是来台北看女儿，不过他匆匆来去，离去之前总没忘记跟老妈调头寸，签下一张张借条，几年下来累积了厚厚一叠。

有次魏先生突然风风火火来把芳姐带回眷村老家，一去就是好几个星期音讯全无。芳姐回到亲生父亲那边，本来就是理所当然，我们虽纳闷，也只能欣然接受。

但一通眷村邻居打来通风报信的电话，让老爸决定连夜开车下去将芳姐带回。听说她差一点被卖入火坑。但芳姐似乎不能领略世界曾经在一瞬间几乎风云变色。

这样也好，我想。

有些事情太过明白只会更伤心而已。

等我再大一点，开始面对联考这个令人烦躁的压力后，芳姐成了每天替我送饭、接我放学的人。她很固执，总是不愿意等到放学的时间再来接我，而是提早两三个小时，呆呆地站在门口守候。

我常想，时间对她而言是不是一种具有意义的东西?

或者一分钟和一小时对她而言都是一样的?

又或者，当她等待的是我时，时间就不是需要被衡量的单位?关于这点我不敢深思，那只会使我心中升起莫名的愧疚，恨不得放下三角函数和《论语》《孟子》，奔出教室。

在昏天暗地的国中岁月中，我和芳姐的交流就仅止于浮面的寒暄，我原以为这样的关系不会更精进，直到有一天我看见她哭了。

我哭了、哥哥哭了、妈妈哭了，甚至爸爸哭了都不稀奇，然而芳姐哭了却不一样。

从我有记忆以来，芳姐是不哭的，她只会笑，偶尔会闹闹脾气，但是她不会哭。然而这次，她因为自己的外公去世而哭了。

我很惊讶，长久以来，我漠视了她也有悲伤的权利，我一直以为在情感上，她是个有缺憾的人，喜、怒、哀、乐中，她不懂哀。可是事实却证明，其实她在情感上才是最自然不造作的，她笑，是因为她想笑，是因为她活得纯净，是因为她无忧无虑，但绝不是因为她不会哭。

我曾经为芳姐的婚姻担心过，不知道她要去哪里寻觅一个可靠的肩膀。事实证明，我是多虑了。

在她二十六岁那一年，真命天子出现了。相亲认识，对方是忠厚老实的水泥工，据说他们一见钟情。

总之芳姐结婚了，婚后与婆家同住。

我本以为芳姐一嫁人，便会从我生活中消失，但，才怪！

婚后的一个星期天，芳姐千里迢迢地带着夫君来看我们。

一见面她就端出结婚照。

白色木头外框上描着闪闪发光的金线，照片中的新人羞涩地摆着扭捏的动作，芳姐腼腆笑着，油漆味尚未散去，是幸福的味道。

然后，她把这幅裱好的、二十四寸那么大的婚纱照递给我，豪气地说：“阿薇呀！送给你啦，一定要挂在客厅的墙壁上喔！”

芳姐，过得好吗?

小傻瓜芳姐小时候烧坏脑子，偏偏她妈妈早逝、爸爸好赌，三餐饭总有一顿没一顿拖拉着，老妈心一软，就收留了芳姐。

芳姐从十二岁来到我家，一直到二十六岁才相亲结了婚。芳姐对于情感的表达十分生疏，记忆力也不佳。不过，婚后她断断续续努力拨着强记下来的电话号码，来向我们报平安。

和她讲电话很令人紧张，因为她总是打公用电话，我们一边担心电话随时会断掉，一边必须东一块西一块地拼凑芳姐语焉不详的谈话内容。

比如我问："芳姐，你老公是做什么的？姓什么啊？"

芳姐笑笑回答："他喔，他就在做水泥啊，他姓阿清啦！"

还有一次，我问："芳姐，你要不要生小孩？"

"有啊，我已经怀孕三个月了啦，下个月就要生了啦！"

"不对不对，怀孕要九个月才能生，你才三个月，还要再等六个月喔！”

我记得七年前最后一次通电话时我问：“芳姐，你住在哪里？你家电话几号？我们可以去看你啊！”

芳姐说：“电话喔，不知道啦，我家喔，就住在一条马路旁边，你就从一个邮局转进来就可以看到了呀……”

后来不知道为什么再也没有接过芳姐的电话，其实我们心里担忧她，只是对她的挂念在庞大的日常生活里泅泳，只有偶尔浮上水面的时候，会有某个人突然问起：“芳姐不知道过得怎么样了？”

芳姐究竟过得怎么样，我们都很关心。她生孩子了吗？阿清待她好吗？婆婆会不会嫌弃她的不灵巧？她想不想家？她幸福吗？她快乐吗？

日前，妈妈辗转问到她婚后的地址，但是没有电话号码，我们决定全家出动直接去探望她。

车子在公路上行驶，我的思绪在回忆里游走。芳姐的笑容在我脑海中依然清晰，但是她不甚清晰的脑袋里面可还有我们？

桃园八德乡的街道对我们这样的外地人来说稍显复杂，一番寻觅，我们终于停在芳姐家门口——那是一栋乡间常见的透天厝。

我在院子门口大喊：“芳姐！芳姐！”

一位三十多岁妇人体态的女人推开纱窗门，那是芳姐。

分隔六七年没见，芳姐胖了许多，外型体态跟我印象中相去甚远，不再是当年和我打打闹闹的少女了。

我们抵达的时候她的公婆不在家，阿清正要出门钓鱼，五岁大的女儿在一旁嬉闹，兴奋拆食我们带来的肉干。

芳姐家极其简单，挑高宽阔的大厅除了基本家具，什么也没有。虽不至于家徒四壁，但是要说整齐美观，的确一点也沾不上边。而且，地板布满乌黑的陈年垢，供桌上堆积厚厚灰尘，桌椅用手轻轻一拂就沾黏了手指。绕到厨房，水槽里面堆放未洗的碗盘，垃圾桶上有苍蝇盘旋。我心里有些难过，芳姐过得不好啊！

问芳姐每天在忙些什么？她说，每天做早餐、买菜、做午餐、接小孩回家、做晚餐、洗澡、看电视、睡觉。十分平淡的一天。

后来，芳姐带我们到屋外参观，我们才恍然得知，屋外那一大片鲜绿蔬菜摇曳的菜园，都是夫家的；旁边一整排富有欧洲风味庄园别墅的地主，也是阿清。

这么看来，芳姐其实嫁得不错呀！如果愿意，她其实可以拥有更好的生活环境，至少可以更清洁、更别致。但为什么做不到呢？我心疼芳姐，心里却很清楚答案，没有经过学习与思考，我们怎么能知道人生可以有多么美好的追求？如果心中没有更细致温馨的想望，对于生活充其量只是就其所能供应的，满足基本生理需求罢了。

不过，我也质问自己，幸福的定义是什么？我凭什么觉得这样的日子就是委屈了？这样的环境不见得很好，但也不是很坏，遮风避雨没有问题，如果没有更大欲望，日子也是能够平平顺顺度过。

芳姐的环境条件客观来说的确不好，可是如果她从来不知道什么是“好”、什么是“不好”，那也无从比较了。因为无知，所以无憾，也是一种变相的幸福吧！

或许一切冷暖能当事人评价，自己觉得心满意足就好，外人是无需涉入的。话又说回来，关于“心灵富足”那一套，对于芳姐，那是大学问啊！我的小傻瓜，已经是大人了，当妈妈了，有自己的生活了，我对她的忧心是多虑，对她的挂念是多余。芳姐的世界已经和我渐行渐远，小傻瓜愣愣傻傻终于找到可以倚靠的肩膀。无论如何我都感到喜悦。

就在我沉思的时候，芳姐五岁的女儿跑来我身边扯着我衣角。

“阿姨，画画！”她手里晃着图画本。

“好！阿姨陪你画画。”

我接过图画本，不经意望见了封面上小女孩的名字。

她的名字是“忆薇”，回忆的“忆”，跟我一样的“薇”。

我微微一震。

是用心？还是巧合？我不知道，我甚至怀疑过芳姐的智商如何能为孩子取名，但我的心一下子柔软起来，好暖，好绵，好想哭。

离开前，我问她：“芳姐，你快乐吗？”

芳姐望着我，微怔，忽然她笑了起来：“呵，快乐啊！”

啊！那是我见过，芳姐最美丽的笑容。

这下，我终于可以放心了。

妈妈公主

在我们的教育中，我们深深教诲大家，不要以貌取人。但是对于美丽的事物，我们其实有天生难以抗拒的趋向性。去市场买水果的时候，干瘪过时的，往往乏人问津，那些光滑饱满的，却让人趋之若鹜，如果一口咬下，还能够名实相符的香甜多汁，就更加让人赞不绝口了。

最近，受邀担任一场公主选美活动的评审，一开始收到邀约，我不明白选美活动跟我会有什么关联？后来经主办单位解释，才知道这场公主选美想仿照澳洲“全世界最棒的工作”青春创意的风格，参选者需要拍摄创意短片来竞选，因为公主要有美丽，更要有智慧。而我必须针对“创意呈现”这部分做评分。

这场选美没有年龄的限制，不过一般而言，女人过了二十五开始老化，到了三十开始拉警报，结了婚的女人挣扎在家庭与职场里，早已不成人形、惶惶终日，自信心无限下滑，哪有闲情大方展现自己？正常预测，上了年纪的女人应该有自知之明，不会来参加公主选秀。

然而，意外的是，几百件蜂拥而至的报名影片中，竟然有许多三、四、五十岁的妈妈来报名。甚至还有一位六十岁的阿嬷，画上眼影，穿上靓装，巧笑倩兮站在公园湖边拍摄短片，不放弃角逐公主的名号。

看着平常在厨房油烟焦头烂额的妈妈们，抛下锅铲与围裙，不顾皱纹与老皮，生涩地在镜头前笑着跟你说："一定要选我喔！"说完自己又害羞地笑起来，我实在为这样的勇气感到佩服。

不过，现场一位德高望重的长辈评审对这个状况颇有微词。看见妈妈级的参选者，他提出质疑："我们是在选公主耶！公主怎么能结婚呢？结了婚就好好待在家里煮饭嘛！"

看见阿嬷级的参选者，他更是摇摇头："哎呀！那么老，又不是选皇后！年纪这么大了，在家养老不是很好？"

我笑着说，"哎哟，别说老啦！算资深公主嘛！"

她们就算创意度不及格，但是勇气度却是满分啊！谁说女人成了妈妈就要在家煮饭？成了奶奶就要在家打盹？

初审后，选出五十位佳丽进入复赛，复赛在一个阳光亮丽的假日热闹举行。

评审有五位，每个人有五个牌子，标示一到五分。每一次表演后，我们可以举牌给分，如果每个评审都给五分，那么满分就是二十五分。

那实在不光是一场公主选秀，而是动员整个家族的家庭活动，妈妈、爸爸、爷爷、奶奶、叔叔、婶婶、同学、邻居全都出动，好像一场热闹的社区嘉年华会。一位候选人就带来一个家族，吾家有女初长成的喜悦，在每个爸爸妈妈的脸上一览无遗。

我也带着我的老妈来现场同乐，老妈很久没有感受这种青春活力，新鲜地看着大家表演。

许多青春美少女没有在公开舞台说话、表演的经验，显得非常紧张，与主持人应对的时候声音还会发抖，但是表演音乐一响起，仿佛被施了魔法那样，不论是写书法、舞蹈、唱歌、演戏、变魔术，神态自若，光芒渐露。

认真的女生总是迷人。

青春无敌的活力，奔放在暖洋洋的周日午后，怎不让人错觉，其实世界无限美好、充满希望光明。

大部分的公主候选人都是带着妈妈来的，独独有一位，跟大家不一样……

中场休息时间，我在洗手间遇到一位公主候选人，她一身金黄色的肚皮舞娘装扮，清凉惹火，身边站着一位亭亭玉立的美少女。

她看见我，笑着介绍："薇老师，这是我女儿！"

"你女儿？"我大吃一惊。

"对啊！她陪我来比赛！"大家都是带着妈妈来，只有她是带着女儿来，这位候选人已经四十多岁。

女儿则是高中生年纪，长发披肩，笑容甜美，母女两人站在一起，一媚一俏，简直不知道是谁要来参加公主选拔。

此时，老妈正好从厕所走出来，我也大方介绍："这是我老妈！"

老妈看着辣妈肚皮舞娘露胸、露腰，身材婀娜，千娇百媚，有些怔然。

于是，厕所的大镜子里，出现这样的画面：一位辣妈肚皮舞娘、一位清纯高中女儿、一位欧巴桑老妈、一位年轻评审我，我们两对母女、四个人站在一起，有种说不出的滑稽。

"等会比赛加油喔！"我鼓励辣妈。

走出洗手间，我扯着老妈说："妈，你看，人家妈妈那么辣！"

"她肯定不会烧菜。"老妈一股嫉妒，我大笑出来！

很快地，比赛进行到辣妈上台。

辣妈一上台就大方地跟大家打招呼："大家好，我是今天候选人里面出生年份数字最小的喔！大家都是七、八字头，我是五字头喔！还有，这是我女儿，她来帮我陈设道具！"

现场一片哗然，我听见身边的观众惊呼着："天啊！女儿都这么大了！"

我侧过头，偷望那位德高望重的长辈评审，长辈面色凝重，有种不以为然的神态。看来，他还是很难接受当了妈妈的女人来角逐公主宝座。

音乐响起，两分钟的表演，先是一段口白，诉说一位埃及公主的故事，然后辣妈柔软的身体开始随着音乐缓缓扭动，风情万种，笑容自信而陶醉，辣妈的一举手一投足，充满韵味。我在台下，深深感动。观察现场，每个人的眼睛都亮了。

很快地，两分钟过去，音乐停了，表演结束。

“谢谢大家！”辣妈礼貌地鞠躬。台下欢声雷动。

“好，这位辣妈公主的表演，评审会给几分呢？请评审举牌！”主持人说。

我毫不犹豫举起手上满分“五分”的分数牌，并且忍不住偷偷地再度望向长辈评审，我好奇，他会给什么分数？

“好，现在只剩一位评审还没举牌……”主持人说，现场目光都聚焦在长辈评审。长辈评审的手在一到五,五个分数牌间游移，犹豫半晌。终于，他决定了！他缓缓地举起一个牌子……现场一阵屏息……

“五分！五分！五分！”主持人欢呼着，“现场评审一致都给了五分！恭喜辣妈公主！”

全场再度响起欢声雷动的掌声，久久不能停止。我看见长辈评审的嘴角轻轻抽动，一抹淡淡的微笑扬起。

也许他终于同意了，拥有才华与自信的女人，不论几岁，都是光芒万丈。会发光的，就是公主，就算是妈妈级的，又有什么关系呢？

老妈逃学

我的老妈有厌学症。

“这家餐厅的红烧‘咦’好好吃喔。”她说。

“不是‘咦’，是‘鱼’。”

“咦……”她拉长尾音。

“再念一次，是‘鱼’。……像这样，要把嘴巴嘟起来，发ü，二声鱼……”

“咦……”她还是发不出来，很快就恼火，“啊我就不会念，还一直要我念……”

唉……

“我要听《往事只能回味》。”她在我面前晃着CD。

“你打开CD匣，把光碟放进去，按Play键。”我实际教学，“On在这里，按下去就开了。Play在这里，按下去就会开始唱。”

她眯着眼睛："这两个长得都一样，我不会。"

我弯下腰，仔细说明："圆形是开关，三角形是Play，明明就长得不一样啊！"

她反驳："字太小我看不见，看起来就是一样。我不会。"

隔天，她依然在我面前晃着CD："我要听《往事只能回味》。"

曾经我们一起走进肚皮舞教室，她中途离席就不再回来。

"你不好好上课，当然学不会。"

"我就学不会了，要怎么上课？"她振振有辞。

我没有死心，带她参观社区大学园艺课，位于河堤上的一块荒地。

"我为什么要帮别人拔草拔半天？"

"因为拔草是学习园艺的一部分。"

"那我不要。"她转头就走。

千言万语，再度化成一声：唉……

但我还是没有死心，《论语》里面不是说："夫子循循然善诱人，博我以文，约我以礼，欲罢不能。"循循善诱、循循善诱、循循善诱，我在心里默念三次。

这一次，是瑜伽课。

"刘小姐，你要不要先帮你母亲预缴一年分？瑜伽要长期练习才有效喔。"

“不好意思，我妈逃学前科累累，我实在不敢一次买太久，我先让她试试短期的课程。”

“瑜伽砖还有伸展带，可以等你母亲来上课的时候再买。”

“我现在就买。”等她来，她一定不肯。“多少钱？”我马上打开钱包。

“我帮你报名了瑜伽课。”回到家，趁热打铁告诉老妈。

她眉头一皱：“什么瑜伽课？”

“可以健身又可以社交，就在捷运站旁边，你从家里散步过去，八分钟就到了。”

“我没空。”

我耐住性子：“妈，柜台小姐跟我说，瑜伽是你从几岁开始练，你的青春就会保持在那个年纪。”

“我已经五十七岁了……”

“呃……我刚刚说错了，瑜伽是不管你几岁开始练，你的青春都可以回复到三十岁。”老天爷，我撒谎，请你要宽恕我。

但老妈可没有这么好哄，她持续叨念着：听说很多教室都很脏，大家流汗流来流去很不卫生，空气不流通，我会头昏会喘不过气会晕倒……

我头皮快发麻了。

隔天，我再度走进瑜伽教室。

“不好意思，我要参观教室。”

“咦？你昨天不是来看过了？”

“昨天没有看清楚，可以再看一次吗？”

“好吧！”

小姐带我进了教室，我张大眼睛四处打量。

“不好意思，请问逃生设施在哪里？安全没问题吧？”

小姐指一指窗边，“窗户打开就可以逃了。”

“不好意思，教室的冷气流通效果如何？不会闷吧？”

小姐指一指天花板，“刘小姐，我们有两台大型冷气，绝对通风，你放心。”

我一点也不放心，看见教室里铺地毯，硬着头皮又问：“不好意思，请问你们地毯有定期消毒吗？不会有尘螨吧？”

小姐板着脸，瞪着我看。好吧，我知道这就是答案了。我来找碴，比卫生局还讨厌。

此时，旁边几位大婶已经换好衣服准备上课，我皱起眉头：“请问一定要穿成这样上课吗？我是指……紧身的韵律服？要我妈穿成这样，打死她都不会来的……”

第一天上课，老妈拎着她的书包，乖乖去教室报到，那表情之哀怨，好似我是一个残忍不孝的女儿，拿刀架着她的脖子，要逼她上刀山下油锅。

上了几堂课之后，老妈没动静了。回来没见她练习，也没听她提及任何教室的事情。

“你交到新朋友了吗？”我问。

“没有。”

“不懂的地方，下课有没有问老师？”

“没有。”

“你为什么都不跟同学说话？”

“同学都会说她老公带她出国去玩，还有同学一直讲她在百货公司买的包包有多贵……”

喔，原来是同侪间的比较让她挫折。我试着再进一步关心：“那你怎么回应？”

“我就跟她说我的包包一百块钱，是在市场黑猪肉阿蔡的隔壁摊买的……”

“你真的这样说？”

“我还说我老公每个周末都带我去北海道玩，星期天晚上再飞回来上班……”

“你真的这样说？”我快昏倒了。

查了心理咨询中心对“厌学症”的治疗方式，我打算比照办理。

方法一：激发孩童对于学习生活的向往。

“妈，你去上课，就会认识很多新朋友啊！这样你捡到的那些流浪猫、流浪狗，才有人可以帮忙收养啊！”

方法二：家长要给孩子多一点拥抱与鼓励。

“妈，你好好在三个月内上完二十四堂课，我就送你一个礼物，你自己选，要什么都可以。”

方法三：老师要细心关照能力相对较差的小孩。

“柜台小姐，不好意思，可不可以请你跟老师说，多给我妈妈一点鼓励，像是：好棒喔！可以站得这么直，或是太厉害了！手可以举高高耶！拜托拜托，这样她比较有成就感。”

很快地四个月过去了。

“结果还是没有上完，我还去帮你跟教室求情，让她们把效期从三个月延长到四个月。结果你还是没有上完！”我恼了，其中有一半是对自己的灰心。

“我就不喜欢上课嘛！”她也恼了。

“我这么努力打拼，就是希望你过得健康快乐、无忧无虑，有朋友可以聊天，想做什么就去做什么……你要懂得妈妈的苦心，不，我的苦心。”老天，气到搞不清谁是妈了。

“为什么一定要管我？我不能自由自在吗？”忽然她长成到青少年叛逆期，继续对我发飙：“我又不喜欢上课，为什么一定要我去学校？管东管西，我有这样管你吗？你不喜欢人家管你，你还要管我！”

“你自己都不喜欢上学，那你以前怎么叫你的小孩去读书？”

“我有叫你读书吗？我都是叫你不要去上学！”她吼着。

我一愣。

是的，她从来没有逼迫我念书，尤其在我一场重病后，她甚至不希望我读高中、考大学。她只要我快乐就好。成长过程中，我常常希望她可以管管我，告诉我要选什么学校、要念什么科系，可是她没有。难道她很早就知道人生的路最后只能我自己走，她管不了也管不动，快乐就好。

她不跟我说话了，扭过头，脸上都是委屈。

我眼巴巴地望着她，想着也许我真的错了。

我希望老妈照着我期望的样子长，可是她早就已经长成她自己的样子。

我以为是诱导与带领，对她来说是压力与妥协。

我认为生命不管到了几岁都该充满活力，都该不断学习进步。可是她身处的世界早已成形，能不退步就是一种进步，我为什么还希望她更加精进？

她只希望我快乐。

我难道不能只希望她快乐吗？

如果“学习”不能让她“更快乐”，我为什么要自以为高明地去指导她的人生呢？

好吧！不要去上课了。我们再也不要上课了。

“妈……”我喊了她。

“干吗？”

“没什么啊，就要跟你说，今年母亲节的礼物是我要带你去北海道玩。”

“真的？”

“真的！我们去泡温泉、看薰衣草，好不好？”

“好啊！全家一起去。”她开心笑了。

老妈，从今以后没有教室、没有课表，你不用再逃学了。

我带你出去玩就好，就这样说定了，我当你的导游，你只要负责快快乐乐的玩就好了。逃学无罪，快乐万岁！

祝福全天下的老妈，天天都快乐！

母女日

不知道从什么时候开始，她渐渐不太交新的朋友，兴趣是待在家里，生活圈子越缩越小，社交活动是上医院看病，所谓逛街只是上菜市场买菜。

她还爱美，可是她舍不得花钱去好一点的店。什么叫作女人要宠爱自己，她一点也不了解。要买给她好一点的东西，她一概说不要。

五十多岁的我的老妈，到底在想什么？

“妈，你看，社区大学有园艺课、拼布课、卡拉 OK 课，你要不要去？”

她撇撇嘴，摇摇头。一点兴趣都没有。

“我陪你去啊！”

“我不要。”她一口回绝。

“去交朋友，学新知识啊！”

"脑子装不下了，浪费钱。"

"也有瑜伽课耶，不然我们去学瑜伽，对健康很好。"

"要健康，去公园运动就好了，花这个钱做什么？"

"不一样嘛！……不然这样，我们去学跳舞，你年轻时候不是会去舞厅跳舞吗？我陪你去学伦巴跟恰恰？还可以交交朋友？"

"我不要，跳舞我年轻就会跳了，干吗老了还要拿钱给人家学？"

说到底，她就是舍不得。

终于有一阵子，她看见电视上在介绍肚皮舞，心血来潮说："这个舞，叮叮当当，满好玩的喔？"我趁热打铁，马上将我们两个都报名了。于是每个周二成了我们专属的母女日。我将事情都排开，每个周二下午带她一起去上肚皮舞课。

只可惜，一期十二堂课都还没学完，她开始失去兴趣。中场下课时间走出教室休息，之后就不再回到教室上课。

"妈，你要有做学生的责任感啊！缴了学费就要好好上课啊。"

"我不会跳。"

"你上课都没听老师在教，当然不会跳啊！"

"我不会跳嘛！"

"不会跳也没关系，你只是来运动，又不是要上台表演。"

"反正我不会跳，我都五十多岁了，还学这个做什么？"她两手一摊，不肯继续学了。

专属我们两人约会的母女日，很哀伤地迅速结束了。

直到有一天，她忽然对我说："我好像老了……头发都白了……"

我不知道五十多岁的女人，究竟要如何处理白发的问题？还有白发所带来的心情问题？

她的白发，让她苦恼，也让我很烦恼。

常常染发，怕伤害发质，染发药水用多了，也让人担心有碍健康。但是花白的发，不可能当作没看到，那白，是触目惊心的提醒，提醒着年华已逝，青春不再，这让她很不快乐。五十多岁欧巴桑的爱漂亮，是经济式美丽，她自己买回染发剂，自己在家乱染，坚持不肯花钱让别人服务。

"染了又会白，干吗一直花钱给别人赚？"她说。

"你自己染不好啊，有些白、有些黑，更不好看，我们交给专业的设计师处理嘛！"

"我不要。"她一贯地排斥。

"那你就当作去享受一下，洗头、按摩，很舒服的。你怕染发会不健康，我特别为你找了这一家，在东区，它的染剂百分之九十三的原料是纯天然的。"

"纯天然？……"她半信半疑，马上下了结论，"它骗你的。"

"人家是有品牌的大公司，不会骗我们。"

“那……染一个头要多少钱？”

“你不要管钱嘛！”

“在东区的店一定很贵，我不要。”她又回了一句，“我都五十多岁了，都老了，还花这个钱做什么？……”

老妈到底在想什么？五十多岁的人生不是更老，是要更好。我始终相信，人生不管几岁，都有专属于那个岁数美丽的韵味。将来我一定要当个六十岁的俏丽阿嬷，怎么老妈才五十多岁就放弃了？

说服她去美发店染发这件事情，整整哄了快一年，她终于点头。

继肚皮舞之后，我们再度拥有属于五十岁妈妈与三十岁女儿的一日约会。

“那今天就是我们的贵妇之旅喔！先去吃贵妇餐，再去染贵妇头，再去逛贵妇街！”我兴致勃勃对她说。

到东区，对老妈而言，就算是出远门了。我发现，她擦了口红，脸上有淡淡红晕，这代表她很开心。

我们要从顶溪站搭到台北车站，再转搭板南线到东区。才从家走到捷运站，十分钟的路程她开始喊累。捷运车厢内，有一位学生好心让座给她。

她有点开心，“可以坐着休息。”

又有点不悦，“我看起来很老吗？”

“不会啦，等下头发染好，就变超级美丽。”我哄着。

然后，她扯扯我的裙摆，“你坐，你过来坐嘛！”

“妈——拜托你不要让位给我。”我压低声音拒绝。

“那你包包给我，放在我腿上。”她用手拍拍大腿。

“没关系，不用啦，我提着就好。”

“不管啦！我拿啦！”她伸出手开始拉扯我的包包，很拗，其他乘客开始侧目，我没辄，只有依了她。

第一站：下午茶

终于我们到了第一站。

粉紫色的墙面，镂空雕花的屏风，水晶吊灯，这间餐厅装潢精致典雅，我事先订了位，要到二楼靠窗的位子。音乐慵懒轻柔，她无声无息地觑着这个环境，眼神迷蒙地望向窗外，盛夏阳光澄明，惊人透亮。

“Brunch，是 Breakfast 跟 lunch 结合，就是早餐跟午餐一起吃。”我认真解释，她似懂非懂听着。

服务生拿菜单来，她没看菜色，只盯着价位看，惊呼：“这么贵……”

“早餐跟午餐一起吃，是两餐加在一起，这样不算贵啦！”

“谁说的！明明就很贵！”

“你饿了没有？”我赶紧转移她的注意力，为她摆好刀叉，“等下餐点就来了。”

“你叫我早上不要吃，害我一直饿到现在，都十一点半了还不给我吃早饭……”

“Brunch 都是睡觉睡晚晚，快中午起床才吃的啊！”

“可是天早早就亮了，我睡不着啊……”她困惑。

上菜了。蔓越莓冰沙、凯萨沙拉、野菇炖饭、意式蔬菜鸡蛋派、碳烤肋排、水果盘，菜色丰富，不过，她用叉子挑了挑，很不以为然的样子。

“这蕃茄，市场一包才五十块……这生菜，我去大卖场，好大一大包才……”

“妈……”我求饶地望着她。

老妈有一种传统中国人的悲性，有什么事情先看不好的，再喜欢的东西捧在手里，会先挑剔两句。明明很开心，但是一开口总没有好话。有时候，简直不知道要如何取悦她。

第二站：美发沙龙

第二站。

地图我早已经看好，从餐厅到美发沙龙店，只需要一个转弯，五分钟内的步行。

牵着她的手，走在东区的大街上。老妈的手变得好小，皱皱的，老妈身高也变矮了。人老了，就会开始缩水吗？老妈乖顺地依在我身边，走在她不熟悉的忠孝东路，我牵着她，像牵着刚开始认路的孩子。

我为她撑起一把伞，她哎哎哟哟叹着：“好热，我快昏倒了。”

“好、好，转弯就到了。”

见到设计师，我恳切叮咛：“她容易过敏，染发的时候请尽量避开头皮。还有给她热茶，别给她咖啡，她会失眠。还有，她右手在痛，按摩的时候麻烦小心一点。”

“染发大概需要三个小时。”设计师说。

像托婴一样将她留给设计师，我不放心地再望一眼，老妈应该要学着长大，在陌生的环境也要学会自在。我决定不去想自己是不是太狠心了，最后转身离开，晃去诚品书店。

三个小时后回来接她。她已经染好头发，设计师果然没让人失望，发色自然生动，还为她吹了一个美丽的贵妇头，镜子里的老妈，看起来整整年轻十岁，眼带妩媚。

“好漂亮啊！喜不喜欢？”我开心地问。

“嗯。”她淡淡回复。这一次没有抱怨，我很意外。

设计师说，染过这一次，以后不需要常常染，只要每个月来补染一次发根，把长出来的白发染黑就好。

“那我们直接预约下个月，下个月还要再来。”我爽快地说。顺便用眼角偷觑她一眼。她没反驳。

第三站：百货公司

第三站。

离开沙龙店，我挽着她来到百货公司。一楼的楼层里，一双双流行时髦的鞋子在呼唤。高跟的、平底的、楔形的、亮片的、漆皮的、镶钻的……

“妈，你选一双鞋啊！”

“好贵！”

“贵一点没关系，你喜欢比较重要。”

“不要。”

“不然你要买什么？衣服？保养品？你自己选……”

最后，她领着我到楼上，选了哥哥的T恤，叔叔的衬衫。

“你不要光选别人的东西，你要选给你自己啊！买一件好看的衣服，穿出去逛街也很开心。”

“不要嘛！好贵。”

“我会付嘛！”我说。

她幽幽看着我，有些艰难地开口，“你今天付那么贵的餐点，又付我的头发，又付哥哥、叔叔的衣服，可是你自己什么都没有买……”老妈问我，原来，她在心疼我。

“你难得出门嘛！要给我服务的机会啊！付出无所求，服务最快乐嘛！……你选一件衣服，漂亮一下嘛！”

“我穿那么贵的衣服去菜市场买菜做什么？我都五十多岁了……”

人老了就会这样吗？日子越过越简单，想要的与需要的都越来越少，对世界失去好奇，对未来失去热情，能够守着一方宁静，就是万幸。我以为这样的日子少了点心跳，她却甘之如饴。渐渐地我无言了，拖着她买新衣服，对她而言不是享受，也许变成一种折磨了。

回家时已经是下班时间，捷运车厢满满都是人潮，没有人让位给她，但她心情真好，乌黑的头发，感觉年轻一点。望着玻璃窗上倒映的贵妇发型，老妈看得出神。她想起，曾经的青春年华吗？“我曾经那样美丽啊……”这是老妈心中的声音吗？

“已经帮你预约下个月啰，以后每个月我们都可以有一天母女日耶！带你出来走走逛逛啊！妈，你说好不好？”我小心翼翼地询问。

老妈想了一下，过了半晌，她露出小朋友看到糖果的表情，甜蜜蜜地笑着回我：“好啊！”

我松了一口气，这一日，总算值得了。

关于跳舞，我说的其实是……

我刚刚跳完一首曲子，从舞台走下来。我的心跳还没平复，毛细孔微微冒汗，口干舌燥，舞台强烈的灯光还印在我的眼底。脚踏在地上，感觉却在飞翔。这是一个坐满三百多位观众的表演厅。在一千人面前演讲我不怕，在三百人面前跳舞却让我紧张三天。

两小时的演出，二十四个表演，我仅分配到一个节目：一首三分钟的中东舞曲《巧克力》，我和舞蹈教室另外三位同学一起上台呈现。

这是舞蹈教室的年度成果发表会，我是众多学生里面的一位。小小的我，短短的舞曲，但是依然像做一件惊天动地的大事那样，认真准备闪亮亮的表演服。雪纺纱纯白灯笼裤，配上粉红色蝴蝶缀珠滚边上衣，加上二百一十八枚响币腰巾，还有眼神勾勾的艳丽舞台大浓妆。

六拍四拍，扭腰摆臀，表演结束，不知道坐在观众席的我的老妈，有什么评语？

小小儿时，她曾经为我付了第一笔学费，让我跳舞。

那是八岁，第一次踏入舞蹈教室。我们从乡村搬来城市，邻居一对如花似玉的姊妹在舞蹈教室习舞，小小年纪已经登台表演好几次，邻居墙上挂着演出照片，姊妹花笑容灿烂，飞旋的时候带着一股天真的魅力，我一看就看出了神，很快地，跟着她们一起玩进芭蕾舞教室，对着落地镜练习劈腿、拉筋与下腰。

芭蕾舞才学了一年，有天放学回家，我被家巷口叮叮咚咚的钢琴声吸引，不知不觉踏进钢琴教室，惊讶地发现那些跳芭蕾舞时优美的古典音乐，原来可以自己弹奏。从此我便嚷着不要跳舞要弹琴，就这样背叛了芭蕾。

很可惜，专注力只有三分钟的我，一年后也放弃了钢琴。音乐与舞蹈，在我成长过程中，只剩下欣赏的份。八大艺术硬生生缺掉两个，甚为遗憾。

然而，我内在的灵魂始终蠢蠢欲动。

曾经，坐在台下看云门舞集的《九歌》，巫女、荷花、山鬼、地火，充满戏剧张力的神祕舞作，柔软流畅，将我带到史诗一般的梦里。

曾经，我屏住气息，崇敬地望着舞台上天鹅公主三十二个高难度的回旋转圈，柴可夫斯基的《天鹅湖》从此在我心中至高无上。

曾经，在失意的时候看爱尔兰的踢踏舞，震撼于铿锵有力的齐步，又在轻快幽默的节奏里会心一笑，低潮的心情不由自主高亢起来，啊，我好想跳舞。

曾经，在纽约看非洲舞表演，当属于沙漠与草原的音乐响起，风一阵似的吹过我脸颊，啊，那一刻，我真的，好想跳舞。

等到我再度踏进舞蹈教室，已经是研究所毕业的年纪。那时候，我鲜少运动，肢体僵硬，可说是一身硬绷绷的老骨头。但，我、要、跳、舞。

我开始在不同的舞蹈教室学习，这些年来断断续续尝试了萨尔萨舞、爵士舞、芭蕾舞、现代舞、Hip Hop……

有些舞蹈一个人就可以跳，有些舞蹈要两个人才跳得起。有些时候我有舞伴，大多时候我没有。有些教室很老旧，有些教室新潮又昂贵。

曾经跟金发碧眼的外籍老师学过舞，也曾经跟业界响当当的名师拜过艺。

转换一间又一间教室，学习一种又一种舞步以后，我终于体悟，我的舞步，不想再为谁耽误。不想因为舞伴的不确定，让我的进步停滞。

也总算知道明星舞者不见得会教舞，明星舞者来教室是享受学生赞叹的目光，并不是希望学生像她一样会跳。

也在衡量自己的能力后，知道交通方便、离家近，才是最贴近自己需求的教室。

说到底，跳舞跟恋爱一样，寻觅一种适合自己的舞蹈，找到让自己自在的教室，都需要多多尝试，经历一再的希望与失望，才能有舒适的栖身之所。

村上春树的书《关于跑步，我说的其实是……》写他长年跑步的经验与思绪。我觉得每个人都该有一本属于自己的《关于××，我说的其实是……》，那XX，可能是跳舞、单车、弹琴、游泳、登山、跳水……人生中拥有一件漫无目的的兴趣，享受在一个人的时光里沉思与对话，是一件好棒的事情！

这一年来学习肚皮舞，一开始是陪着老妈走进教室，见见世面。后来老妈任性地走出教室不肯再学，剩下一个人的我，还是要跳舞。跳给老妈看，什么叫作持之以恒；跳给自己看，因为我想要跳舞。

我肢体不柔软，舞技不怎样，但是我想要跳舞。不是要做舞者，也没有要登上国际舞台，没有任何目的，只因为跳舞的我十分快乐。每一次舞动肢体，都是一次与自我的深层对话，在身体无垠的宇宙里探险与创造，乐此不疲。

一周一次，有时一周两次，偶尔跷课，停停走走，就这样跳到了成果发表会。放眼望去，热热闹闹的场子，有老公来看老婆跳舞，有男朋友来为女朋友献花。我只邀请了亲近女友几位，大家一场欢喜，不必多礼。

老妈眼神却是幽然。

老妈，请不要为目前单身的我担忧。

老妈，请你要跟我一样相信，未来有一个很好的他会懂得我的舞步。就算不懂，他也愿意欣赏。我们会手牵手一起跳舞，我们知道当一个往前进，一个就要往后退。要是踏错舞步，一不小心踩到了对方的脚，笑一笑，过去就好。

老妈莫急莫慌，你该跟我一样享受现在。此刻当下，灯光正美、音乐正甜，我一个人跳舞，舞步正是美丽。

我现在比以前更自在，今年比去年更快乐。我喜欢每个年岁的自己。

所以，现在的我，想要跳舞，与别人的眼光无关。

不是为了一束捧花而跳，也不是为了台下的掌声而跳。

想要跳舞。快乐的时候，想要跳，悲伤的时候更不能不跳。

想要跳舞。生命顺遂的时候我要跳，满是伤痕的时候，更要跳。

想要跳舞。晴空万里的时候我跳舞，台风来临的时候我也不停止。

无言以对的时候就跳舞。哭不出来的时候也跳舞。

想要就这样跳着、舞着，就算老态龙钟，也要有优雅的舞步，在音乐终了的时候灿然谢幕。

所以现在，此刻当下，我决定关上电脑，跳舞吧！

智慧型笨蛋

有一天，电视台长官与我相约开会，我们约在制作公司见面。

当天我到得比较早，很快地开好电脑，准备要进入工作状态。

长官一通电话来，“薇，你已经到了？”

“是啊！”

“我在咖啡厅吃早餐，我现在马上过去。”她说。

“没关系你慢慢来。”我说。

没多久，她来了，双手捧着开机的手提电脑一路走进来。

我纳闷地问着：“你为什么要一路捧着电脑来啊？”

“最近网络软体一直强迫使用者要下载新版本啊！我刚刚在咖啡厅想等它下载完，但网络好慢，可是你又已经到了，我想我边走边下载，等我走到这里，应该就下载完了吧！”

我瞪着大眼睛望着她，“你有没有觉得哪里怪怪的？”

"没有啊！现在应该下载完了吧！"她边说边低头查看电脑，惊呼一声，"啊！断线了！"

"当然断线啊！你离开那家咖啡厅的时候就没有网络啦！"

"啊！对喔！"她敲敲脑袋，真不懂自己怎么会忽然秀逗。

"哈哈哈，太离谱啦！"我整个人笑弯了腰，久久站不起来。

就在此时，一旁的制作人开口说话了，"这没什么。"这位制作人以前是王牌编剧，写起戏来架构缜密，张力十足，是一位严谨的创作者。

然而，此时她悠悠地说道："我家停车场在地下室，每次回家，我都要在门口按遥控器，等铁卷门慢慢打开。我是没什么耐性的人，于是有一天开车回家的路上，我忽然异想天开，不如我现在就先按遥控器，那么等我开车到家门口，铁卷门不就已经开好了吗？"

于是，这位制作人在离家两条街外的地方就开始按遥控器，以为这样门就会开了……

"哈哈哈，太离谱啦！"换长官大笑着。

"还有人比我更笨的吗？"制作人无奈地两手一摊。

此刻，换我笑不出来，紧张又汗颜，简直不知道该不该供出自己的壮举。人难免会有当机的时候，一时秀逗实在不算什么，但是如果一直秀逗……

话说三年前，某大百货公司周年庆的时候，我很快地"杀红了眼"，一举跨越满额礼门槛，轻松获赠一台智能落地扇，百货公司小姐毕恭毕敬地将电扇递给我，亲切地对我说："这台是智慧型的，可以定时喔！”

“好好，我知道了，谢谢、谢谢。”我千恩万谢地将落地扇扛回家。然后，我脑海中只记得一个关键词——定时。这个关键词像是一个神秘咒语，就这样暗暗地藏匿在我潜意识里面，从那天开始，每当我使用这台电扇，我从来没有忘记要“定时”。

定时一次最多一百二十分钟，也就是两小时。每两小时后，电扇就会自动停止。不论我在屋里的哪一个角落，我就要移动步伐走回电扇旁，重新定时。说真的，我实在搞不懂它智慧在哪里？

“定时”这件事情后来严重困扰我，尤其在睡觉的时候。我的卧房，每到夏天闷热的晚上，有个戏码不断上演：

我将电扇定时两小时，然后上床睡觉，两小时到，电扇停止运转，我热醒，我起身，我将电扇定时两小时，然后上床睡觉，两小时到，电扇停止运转，我热醒，我起身，我将电扇定时两小时，然后上床睡觉，两小时到，电扇停止运转，我热醒，我起身……

以上那一段话，我只要用电脑打一遍，就可以用拷贝、复制、贴上，重复好几遍。这段画面像是DVD按下了重播键，不可思议地组成了我连续三年的夏夜。也许我个性中有种逆来顺受的认命，虽然相当苦恼，但我也隐忍下来，相安无事地包容电扇奇怪的“智慧”，就这样一年又一年过去。

时间过了三年，终于在今年的夏天，我渐渐有种忍无可忍的不满，睡眠不断被中断，让我的火气越来越大。

“我快发疯了！我睡不好，脾气很差！”有一天，我忍不住对剧组统筹抱怨。

“你怎么了？”统筹一向最疼我，他总说把我照顾好，让我顺利交剧本，是他的责任。

“我不管，求你带我去买一台电扇！我真是受够了那台智慧型电扇！再这样下去，我什么都写不出来了！”我牢骚没完没了。

“你的电扇坏掉了？”

“不是！它没有坏掉，只是它一直要我定时，我半夜都被热醒，还要重新定时，真的很麻烦耶！这样的电扇到底哪里有智慧？我觉得它笨得可以！到底是谁设计出这样的笨蛋产品啊！”我长久的委屈一口气发泄出来。

统筹听完我连珠炮似的抱怨，纳闷地问我：“薇，那你不要定时，不就好了吗？”

“怎么可以不要定时？百货公司送我的时候就说过是要定时的啊……不定时它怎么会动？……”

越讲越觉得怪，咦？难道不用定时，电扇也是可以动的吗？

这下可吓坏我了！

“薇，相信我，不会有人设计出这种强迫你定时的产品。”统筹正经而严肃地告诉我。

“噢……！是吗？”

当天晚上，我半信半疑，“难道，真的可以动吗？”我怯生生地伸出手，按了一下开关钮，一瞬间，神奇的事情发生了！它动了！它真的动了！我没有定时，它竟然真的一样会动耶！我惊骇不已。然后，我小心翼翼地躺上床，怀抱着又期待又怕受伤害的心情入睡，竟然真的一觉到天亮！

不用定时，它会动，会一直动，直到天亮耶！这个发现实在太惊人了！于是，隔天一大早，我迫不及待将这个石破天惊的消息报告老妈："妈！妈！你知道吗？电扇不用定时也会动耶！"

老妈看着我，好奇怪地说："废话，电扇不用定时当然可以动啊！"

"咦？你也知道？那你怎么没有告诉我？……"

老妈头上开始冒烟，毫不客气地劈头就骂："我怎么知道你这么笨啊！"

对啊！我怎么这么笨啊！一笨还笨三年！

后来我仔细一想，我当然是知道的啊！电扇不用定时当然可以动啊！可是怎么会莫名其妙地被制约了三年呢？

这让我想起求学时代读到史金纳的制约试验——将老鼠放进箱子，肚子饿的老鼠误触杆子，食物就会掉下来，久而久之，老鼠失去了思考的程序，看到杆子就等同食物。而我，看到大厦扇，就等同"定时"，长久下来成了习惯，便被制约了（瞧，惯性扼杀一个人有多可怕）！

不过我也不用为自己找什么借口了，当我把这个智慧电扇的故事讲给大家听，所有的人都笑疯了，原来电扇还是有智慧的，不折不扣的笨蛋是我啊！

哭泣并前行

最近大环境不景气，朋友间开始出现一些状况。

被裁员的，一脸错愕。为公司做牛做马，连约会都没时间，竟然被裁员？忍不住大喊天理何在！

变相减薪的朋友，危机意识油然生起，谁知道下一波裁员会不会轮到自己？是不是该先想好后路？

毕业后一直找不到工作的学生，不免失去自信。说起投递两百份履历才换来一个面试，忍不住潸然泪下。

在一片哀嚎声中，朋友蓓蓓却说："拜托！谁说一定要哭泣？"

"景气是真的很差。最近来我们医院寻求帮助的病人中，很多人是得忧郁症的。"

蓓蓓在医院做事，第一线接触人间的生老病死，这波不景气，医院可没受影响，失眠的、忧郁的、焦虑的病患大增，被裁员的、减薪的、找不到工作的，为生活压力感到喘不过气的人，一时难以调适，纷纷来求医。看着这些患者，蓓蓓虽然同情，但心中挂念的却是另一群患者。

“我主要负责的是乳癌中心。那些受到景气波及的人，等景气好转，两年三年后，苦难总会过去。我看到更多是癌症病患，人如果要生病，可跟大环境好不好，一点关系都没有。

“被裁员是措手不及；得癌症，也是措手不及。差别在于，前者担忧的是日子过不下去，后者担忧的是生命活不下去。”

但是，痛苦毕竟是无法量化比较的，每个人承受挫折的能力不同，谁也不能说谁的幽谷比较阴暗，谁的地狱比较悲惨。

“不过我相信，一个人的个性，决定了他的命运。”

“喔？怎么说？”

“谁的人生不会遇到低潮啊？但是我在病房中发现，个性中有着乐观特质的人，什么事都打不倒！说出来你都不相信，得癌症的人，有一半是被自己吓死的。我在医院最苦恼的就是苦苦哀求病人来做治疗。”

“难道有人生病了却不愿意治疗吗？”我质疑。

“太多了。许多人其实只是癌症初期，病情不严重，很容易就可控制，但是病人自己吓自己，不肯接受事实，没有勇气面对，最后以悲剧收场。我最沮丧的就是看见明明可以治好的病人，后来却快速恶化逝世。”

当然，有一种人，面对人生低潮，会以默默镇定的强大力量，慢慢地度过难关。如同，蓓蓓跟我陈述，静的故事。

静，二十六岁，仪态大方，是标准的长发美女，在大企业任职，前程似锦。然而不久前，她被检查出罹患乳癌。

静来医院检查的时候是一个人。来看报告的时候是一个人。开完刀，每隔三星期要接受一次治疗，也是一个人。

相较一些呼天抢地、全家愁云惨雾的病人，静的冷静、独立、坚强，让蓓蓓好奇又敬佩。遭逢人生巨变，年纪轻轻的静竟然不哭也不闹，坚强得让人难以置信。

有一天，静出现的时候，乌溜溜的长发变成俏丽短发，蓓蓓赞美她的新发型，问她怎么忽然将长发剪去，静展开笑颜，爽朗地说："反正当我开始做化疗，头发也会掉光光，不如我先换个新发型。我想剪这种流行的鲍伯头已经想好久了，之前一直舍不得把长发剪短，现在反而找到机会了。"

不但如此，静还抓着蓓蓓兴奋地说："我还买了好几顶假发耶！什么造型都有，五颜六色的发色都有，以后等我头发掉光了，我可以随时有千变万化的造型，还可以省去上发廊的时间呢！"

当然，要这样开朗笑着绝非一件容易的事。静说，知道罹癌的那星期，她在家里崩溃痛哭，心里忿忿不平，怨怪命运不公：为什么是我？我又没有做坏事，工作也很努力，我还这么年轻，为什么是我？

静也曾万念俱灰，考虑干脆辞去工作，自我放逐，反正要活可能也活不久了！这真的是她人生中最黑暗的时刻。

但是，当泪水流尽，静开始思考，她虽然罹癌但还不到末期，老天还是给了她一线生机，让她好好思考未来人生的道路该怎么走。那么她为什么要放弃？

既然事情已经发生了，愁眉苦脸也没有用，不如好好想办法。哭也是一天，笑也是一天，那么她为什么一定要哭泣？

现在是人生的低潮，不表示低潮永无止尽，一切还是充满希望。只要能活下去，日日都是好日。

转换心境后，静不怨天尤人，也不觉得自己特别悲惨，她依然每天进公司上班，过正常的生活，运动保持体力，学会和疾病相处，在医院治疗的时候还能够鼓励别的病友。

“我相信她一定会战胜病魔。因为有这样强大信念的人，已经服下最好的特效药。”蓓蓓说。

于是，当蓓蓓穿梭在病房里，看着近日涌入失眠焦虑的病人，甚至选择自我放弃生命的人，再转个头，对照已经戴上假发，努力要快乐活下去的静。

蓓蓓感慨地说：“我当然同情不景气下的受害者。但是在医院待久了，我只能说，只要还活着，实在没什么好害怕！”

至少静的例子告诉我们，就算是行进在幽谷中，前方伸手不见五指，一个个性坚强乐观的人，用爬的方式也会爬出来！

面对人生无常的际遇，我们可以郁闷、可以失望，但绝对不能绝望。

即使事发当时，哭得天崩地裂，也要边哭边拭泪，边爬边仰望。

哭泣并前行，总会带我们度过难熬的关口，走到微笑舒展的坦途。

爱的发光体

金灿灿的阳光洒进庭院，又到了我无法抗拒的季节。每当秋天第一片叶子落下的时候，我想去流浪。

青春时候的流浪非常诗意，提起行李，说走就走，边走边想。

总是有出发日期，没有归期。有起点，没有终点。很少规划，不排行程。每天睡醒的心情决定今日的何去何从。有时我有旅伴，大多时候单独上路，就算拥有旅伴，也会说好了，随时解散，定点再聚。所以，不管有没有旅伴，我很习惯一个人。

陌生的环境、听不懂的语言、常常的迷路，我有时像不知所措的小孩，但是我却从不畏惧，我知道只要带着新奇的眼就足以丰富旅程。

好多的意外串连成一个个难忘的故事，意外遇上的人、意外发生的事、意外降临的慌张与喜悦，那些意外曾经让我青春的生命充满惊喜。

于是我，曾经在墨西哥漂流，曾经在以色列的沙漠露营，曾经在深夜的死海漂浮，曾经穿着比基尼越过丛林，曾经在神秘小岛目睹天空掉下鱼，曾经走到以为是世界的最后一个深谷。

因为这样流浪过，因为在世界的任何角落都能自在，因为跟反叛军、小窃贼，我也能把酒言欢。

因为知道一天只吃一餐我也快乐无比。

因为住过贫瘠的荒漠，因为走过无尽的长路，因为领受过陌生人的好意，也差点涉入坏蛋的陷阱。

因为知道世界的丰富永远不会让我失望，因为知道我的人生可以无限惊喜无关乎华厦美衣。

我的人生从此无入而不自得。

如今我的脚步停留在爱的身边，停留在寻常的日常生活，但我从来没有一刻如同现在这样，深深感到整个宇宙已经在我胸怀。

即使我就坐在电脑前面，等着我的是奶瓶、尿布、婴儿车，然而每一天我都有新鲜的心情，每一天都是全新的一天。

我多么感谢老天在青春时期赐给我许许多多的故事，让我看过缤纷多彩的世界，让我流过酸甜苦辣的眼泪，于是我的内心充满了爱，能够去付出，源源不绝。生命的每一段历程都让我们的内心不断丰富，能够将这些内在化成爱人的能量，我们就会开始发光。

我相信，匮乏的人招致匮乏，富足的人召唤富足。

无力付出的人将无法获得。

成为爱的发光体，上天会给予内心富足的人他所祈求的一切。

我记得，没有忘记过

意外收到一张照片，寄照片给我的人是小学三四年级的同学，“你还记得我吗？”同学捎来这样的问句。

这张照片，应该是要升上五六年级分班前，全班的团体纪念照。

认真地一一看着照片上童稚青嫩的面容，遥远熟悉的感觉慢慢靠近。

千仟，班上和我一样有着早熟秘密的女生，总和我窃窃分享心事。

“将来谁先结婚另一个就要去当伴娘喔！”

那年夏天，她躺在我的床上，把脚抬得高高的，抵着墙，一头长黑发流泻成河成瀑，发丝那样光滑明亮，轻盈得没有一丝愁绪。

“而且不管是谁，都一定要帮伴娘租超漂亮的礼服喔！”

“好，一定要！打勾勾！”

千仟为人妻了吗？最后谁是你婚礼上的伴娘？谁陪你曳着白纱走过红毯？Say Yes的时候可曾猛然想起童稚时的约定？

阿辉，黝黑精实，体育一级棒，满口脏话，课本里的每一个字都和他有仇，走路的时候头仰得老高，一副屌样，用蛮横掩饰慌张，用不在乎掩饰内心的叛逃。总是用尽全力在躲避球场上K死全体女生，与所有女生为敌。但是，但是啊！那一个检验眼睛视力的傍晚，老师宣告我近视了，从此要戴上厚厚丑丑的眼镜了。我，缩回座位，嘤嘤哭泣起来，阿辉挨到我身边，有力地递给我一条手帕，粗声粗气说：“不要哭啦！你就是这样爱哭，眼睛才会哭坏掉！”

阿辉长大了吗？有没有一个女生，让你放下了倔傲，倾尽温柔真实地相待？有没有一个女生，看出你的慌张，给你拥抱，告诉你别再逃了……

小琦，聪明强势的女孩，永远不服输，而我的白净软弱让她更加想要欺负我。某个夜晚班上同学有聚会，后来骤然下起大雨，聚会临时取消，她却不让同学告知我，她说，就要让我淋雨白跑一趟。

得知这件事情后，我躲在家里哭了好久好久。为什么要这样讨厌我呢？我只是一个快要没有爸爸的小孩，我只是一个快要没有家的小孩，我只是，我只是……软弱了一点点……

小琦，听说你结婚了，生小宝宝了吗？给他一个温暖的家好吗？不然，他也会在班上成为另一个像我一样软弱的、怯生生的小孩……

而寄给我照片的你，你说你小时候爱夸口，骗我说你家里好有钱，怎么花都花不完，还游历过全世界，招摇撞骗只是要引起我的注意。你告诉我，你的位置就在照片上谁与谁的中间。

我依着人头仔细找着，啊！原来是你啊！我记得，没有忘记过，黑黑瘦瘦小小，一群男生里你属于跟在别人屁股后面起哄的那种。

对我扯下那些漫天大谎，只是为了让人注意到平凡不显眼的你吗？

你说，当年那个小毛头，现在竟然变成一个多愁善感的男人，照顾流浪狗、去偏远国小服务，看着电影《情书》与《廊桥遗梦》就会激动落泪……

啊！原来现在的你是这个样子呢！

谢谢你寄给我这张照片。我也变了，变成一个收到这样一封信就会激动落泪的女人。我比较勇敢了，不再让“家”伤害我，而是学会保护我的家，捍卫每一个人。而关于那一切，那照片里的风与温度……你问我记得吗？我记得，都记得，从没有忘记过。

初次见面，你好吗?

成为孕妇，会让女人有“三千宠爱集一身”的错觉。好比，家里餐桌上所有佳肴都会先进贡来你面前；好比，无论多么有男子气概的老公也得弯下腰为你水肿的小腿按摩；好比，工作狂小胡子，要从上海回来陪我几个月，正式把我排在工作前面，实在受宠若惊。

有天，我陪小胡子去百元理发店剃头，他的新造型短短的三分头，像黑道老大那样。

走出百元理发店，小胡子摸摸光溜溜的头，露出非常满意的表情说：“我好喜欢光头。”

依偎在他身旁小鸟依人的我，甜蜜蜜蹦出一句：“我好喜欢怀孕！”

“我好喜欢光头”跟“我好喜欢怀孕”八竿子打不着，但是在那个幸福的当下，我觉得“喜欢”的感受是一样的，因为他的

“光头”跟我的“怀孕”，都是打从心底的心满意足，百分百的愉悦。

怀孕接着就是生子，看起来是同一个历程，不过，“怀孕”跟“生子”，绝对是两件不一样的事情，我喜欢“怀孕”，但是我喜不喜欢“生子”呢？呃，这个嘛……

后来事情怎么会演变成这样，其实我到现在还是迷迷糊糊。

电视里总是这样演：一个大特写，产妇表情痛苦，不断使力，汗水涔涔。忽然传出一阵响亮的哭声，镜头推到准爸爸惊喜的笑容。下一幕，母亲温柔地怀抱着襁褓中的婴孩，爸爸在一旁感动地呵护着母子……

一般就演到这里，画面戛然而止。气氛停留在幸福、祥和、喜悦。

但，后来呢？

产妇生完孩子以后呢？我困惑着。

因为电视没有演，后来会怎样，对于没生过孩子的我来说，实在不太清楚，也不太关心。反正千千万万的女人都成了妈，人类千千万万的历史也一直这样自然演进，生孩子虽然是一件了不起的事，但似乎又是一件极其平凡的事。嗯，肯定没什么大不了的。

直到结婚后，很快地我发现我怀孕了，这件没什么大不了的事情，我忽然有不得了的惊醒。

好比，痛。

大家都说生孩子很痛，但是“痛”的感受很主观，有多痛，实在难以具体。

有人说，就像被卡车碾过一遍、两遍、再来一遍，那样痛。

有人说，比手指被门夹到还痛一百倍。

也有人说，把拳头硬是塞进鼻孔里，看看有多痛，你就知道了……

荷兰有两位壮硕的男主持人为了体验女人分娩的痛，突发奇想让护士在他们的肚皮接上电流，模拟子宫收缩。电流一接通，他们开始扭曲、抽动、打滚、咬棉被，不到两小时便举白旗投降，最后心有余悸地发表：“我终于明白女人生孩子为什么会飙脏话了。”

总之，只要经历过孩子的痛，以后不管是牙痛、经痛、头痛、腹绞痛，统统不算痛，进入曾经沧海难为水的悟道境界。

女人堪称最矛盾的动物，明知道会痛不欲生，还是勇往直前，光是这样的勇气，就让人纳闷也佩服。而我，也已经回不去了，肚子一天天大起来，我一天天倒数计时，等待那痛苦的凌迟、天使的降临。

宣布李安第二度获得奥斯卡最佳导演奖的时候，我托着三十九周的大肚子欢呼：“举国欢腾，普天同庆！”当天傍晚，我兴致勃勃坐在电脑前研究奥斯卡名单，忽然间，大腿内侧涌出一股暖流，我站起来，水沿着大腿哗啦啦落下，一阵惊慌，这肯定就是破水了。

赶紧打电话给小胡子，“阿里……”强作镇定说，“我破水了。”那头扬起紧张的声音：“我马上回来载你。”

电话挂掉，老妈从楼上下来，我平静报告：“妈，我破水了。”

“啊啊，现在怎么办？”老妈慌了，这问题真奇怪，她生过两个孩子，怎么还问我？

“妈，你不要紧张，我先躺着，等阿里回来，不然我怕脐带掉下来……”

才等了一分钟，我们都开始心慌，现在是下班塞车时间，小胡子回来不知道什么时候。

“要不要叫计程车？”我问。

“不，我们叫救护车！”老妈拿起电话就要拨。

救护车？要劳师动众，我不好意思。

正好叔叔下班回来了，全部人马上上车，车飞弹出去，往医院驶去。偏偏下班时间红灯特别多，一亮，竟然要等九十秒！

九十秒！全台北市的车子都可以等，但是我的宝宝不能等了啦！我紧紧抓着车头的手把，羊水不断流出，椅垫已经淹水。到了医院，小胡子已经准备好轮椅，火速推我上待产室。可能是紧张，也可能是羊水湿了我满身，我不断发抖，觉得好冷好冷，护士量我体温，老天，我一发一烧一了！

怀孕过程小心翼翼不让自己感冒，没想到在最后一刻竟然发烧了！功亏一篑。

羊水破了，又发烧，我被迫整个产程必须注射抗生素以防感染。

同时，护士拿来一份“分娩同意说明书”，她表情正经地叮嘱我：“一定要全部看完才可以签名！”

于是我认真读了一遍，越看越头皮发麻。生过孩子的妈妈们，不知道你是否也有把这份同意书认真看完呢？我个人读完，涌起一股拔腿想逃的冲动，奈何身不由己。请容我随意列出几点，供各位细细咀嚼：

有 1/200 的机会发生前置胎盘，1/150 ~ 1/50 的机会发生胎盘早期剥离，且可能危及产妇及新生儿的生命。

有 1/10000 之机会发生危险性极高的子宫卵巢静脉破裂，而需紧急开腹止血。

胎儿在子宫内有可能发生脐带绕颈、脐带扭转、旋紧、脐带打结、脐带脱垂等不可预知的意外。

像这样吓人的条文洋洋洒洒有二十条，虽然都是万分之一的机率，仍是看得胆战心惊。谚语说“生得过，鸡酒香；生不过，四块板”，原来诞生一个新生命的同时，产妇的生命也在最高风险地带。

我吞了吞口水，发抖问小胡子：“你仔细看了没啊？”

小胡子正转头，兴奋喊我：“老婆老婆……”

“干吗？”肯定是看到那些可怕的“万一”，知道老婆生孩子很伟大了吧？

“你看，”他兴冲冲凑到我身边，“我第一次在关系栏填上‘夫妻’两个字耶！”

他兴奋地指着他刚写下的字，像发现新大陆那样。

有没有搞错？这位先生，你现在才惊觉我们是夫妻吗？人家我孩子都要生了耶……

由此可见，生孩子这件事，无论男人如何关心，其实还是置身事外，毕竟孩子不在他肚子里，可别妄想他感同身受。

我望着小胡子兴奋难耐的脸，没好气地回答：“是的，亲爱的老公，我们是夫妻。”

我躺在待产房里，肚皮上接着胎心音的机器，手上打着点滴。待产房要待多久，这可说不定，有人生孩子像母鸡下蛋，“啵”一下就蹦出来；也有人生孩子像火车过山洞，呼呼噜噜悠悠慢慢，最后才看到前方仿佛若有光的洞口。

我怀孕过程没有孕吐，虽然是高龄产妇，产检过程也有小出血的危机，但最后都有惊无险平安度过。心情大致愉快，胃口相当好，好到我暴胖了十七公斤。我一直觉得，肚里的乖儿子挺疼爱老娘（很老的娘），孝顺的他肯定会顺利而快速地降临吧！

很快地，阵痛袭击而来，我痛得在床上呻吟，拱背缩腹，像一只虾子，浑身不自觉发抖，再加上发高烧的不适，只觉得世界天旋地转。

“开多少了？”我看着护士，艰难吐出问句。

“一指多喔！”

我盘算一下，一指多已经扭成一只虾子，开到五指不就成变形虫了？这样下去还得了……

“要不要打无痛？”护士问。

“要！”我斩钉截铁回答。

时间持续走着，当子宫颈到五指十公分全开的时候，护士进来叮咛我，只要阵痛一来，就大力憋气，使足力气把宝宝往下挤，从一数到十以后才可以放松。

“一、二、三、四、五、六、七、八、九、十。”

呼，放松。

“一、二、三、四、五、六、七、八、九、十。”

呼，放松。

每一次阵痛我都紧抓着小胡子的手，力道随着我狰狞的面目不断加压，然后瞥见小胡子的脸色也一阵青一阵白，别怪我心狠手辣，我是绝对不会手下留情的。

“奇怪，宝宝的头一直下不来……”护士纳闷地说，她的手不断在我下体戳来戳去。这时我已经在待产房十多个小时了，体力耗尽，只觉得日月无光、大地毁灭。

“到底还要多久？”我呻吟着。

忽然间，听见隔壁产房一阵凄厉无比的尖叫声划破寂静深夜，高音震得房子摇摇晃晃（或许是我头昏），我和小胡子不约而同伸长耳朵，再过一会，又传来一阵婴孩响亮的哭声。

我瞪大眼睛，抓着护士问：“刚刚那是有人生了吗？”

“是的。”

“天啊！她叫得好惨喔！”我语带同情，随即面容惨白、头皮发麻，迟早轮到我……

“别管人家，我们继续努力！”小胡子镇定下了命令。

“一、二、三、四、五、六、七、八、九、十。”

呼，放松。

“一、二、三、四、五、六、七、八、九、十。”

呼，放松。

第十八个小时，医生面露忧虑，他踱来我床边：“要不要考虑剖腹？还是要再努力一下？”

都已经努力到这里了，只差一小步，我跟宝宝一定可以的！护士开始为我打催生针、戴上氧气罩，我决定全力拼了！

第二十个小时，医生发现每当我宫缩用力，宝宝心跳就不稳，决定马上推我进产房。历经几个仿佛天长地久那样漫长的憋气用力，在我的理智将要崩溃之际，“哇！”一声洪亮哭声，宝宝诞生了！

很煽情地，下一个哭的人，是我。转头一看，小胡子正擦去眼泪。

“小子，你好幸运啊！脐带打了这么大一个结！像蝴蝶结一样！好险好险！”医生抓着宝宝的脚说着。方才胎心音不稳，应该就是子宫收缩时压迫到脐带吧！

护士将宝宝抱到我怀中，小家伙已经睁开眼睛骨碌骨碌转。安静趴在我胸前，哭累的他好似在沉思，外面的世界是比较好玩吗？

我摸摸他的小脸，嗨，小人儿，初次见面，你好吗？

好了，温馨的诞生画面结束了，电视都是演到这里，赚取一狗票婆婆妈妈们的热泪就停止。问题是，我的故事还得继续演下去。

我天真以为，接下来我该是每天优雅哺乳的母亲，像月亮一样照耀我家门窗，圣洁又慈祥，浑身散发爱的光芒。可是，老天爷给我的剧本不是这样……

生孩子这件事，无论事前参加多少堂妈妈教室，做了多少心理准备，当它发生的时候，仍然是措手不及、难以想象。每个人的故事都不一样，每一胎的经验也不同。听了再多案例，仍是无法验证在自己身上。

也许是因为产程过长，用力过度，自然产后我像一个被拼装错误的娃娃，全身疼痛不堪，无法入眠。下体伤口如火烈烈灼烧，想要移动，必须慢动作提起脚，缓缓往前，再放下脚。

更意外的是，我拥有了女人们梦寐以求的“尖挺双峰”，又硬、又挺、又……痛！这就是俗称的“石头奶”，我按了按，果然坚若磐石，如果可以发射，应该可以媲美木兰飞弹的威力！

（很抱歉我的用词如此直接而赤裸，因为疼痛的感觉，真是天杀的直接而赤裸啊！）

这下可好，我无法坐，也无法躺，上半身痛，下半身也痛，前胸痛，后背也痛。我要不就是如毛虫一般蜷曲在床上，要不就佝偻着身躯缓步而行，要不就是挤奶的时候鬼哭狼号。

小胡子摇摇头："太惨了！实在太惨了！电影应该来这里取景，这根本是悲惨世界。"而我是名符其实的"惨"妇（产妇）。

"幸好当初我当机立断打了麻药。前面省下来的力气正好留着用来痛后面。"我歪在床上说。

"就是啊，很多机会稍纵即逝……就像我遇到你，马上就把你娶回家。"

"就像我赶快嫁给你，以免你这辈子都活在后悔里。"

"但是我已经后悔了……"

"你后悔？"我眼睛一瞪，声音扬起来，"你后悔什么？"

"我后悔……我没有更早遇到你……"哇！心花怒放，痛消失一半，难怪医院给我的药袋上写着《圣经》的箴言："喜乐的心，乃是良药。忧伤的灵，使骨枯干。"

产后第六天，开始发高烧，体温飙高到三十九度，月子中心强烈建议我去急诊室报到。小胡子把我包进大棒球外套里，戴上粗针毛帽、厚口罩，架着我上轮椅，我畏寒，不断发抖，脸烧得涨红。

"偶像剧是不是都这样演？把生病的女主角包一包，偷偷推着逃离医院去旅行，我们很像耶！"小胡子推着我的轮椅打趣地说。

此刻我没那么浪漫，烧得头昏眼花的我，想到的是电影 ET 外星人。小男孩要带 ET 逃离城市送他回外星球时，也是包成这样。地球实在令人太痛了，我也想逃到外星球……

边推轮椅，小胡子边问：“我们逃离医院，你想去哪里旅行？”

“我想去度蜜月……”

“咦？我们已经在度蜜月啦！月子中心媲美五星级饭店，有专人服侍，三餐送到房间……”

我比较贪心，我还想要有山、有水，没有头痛、奶痛、背痛、腰痛、下体痛……

轮椅推到医院大楼外，月亮高高挂着，正要经过一个小斜坡，小胡子把我放着，去开门，没想到我的轮椅顺着斜坡开始往后滑，“快点抓住我！”我挥舞着手大喊。小胡子一转身，一把捞住我，好险！

想到这画面，我开始觉得好笑，“刚刚我如果往后倾倒，蹦撞到地板，你来救我，一拉，我的头又撞到你的头，往前推的时候我又飞出去……哇！好滑稽的喜剧耶！哈哈哈。”

大概是烧得神智不太清楚了，我一直笑，笑到夜里安静的医院大厅充满回声，笑到肚子好痛。

不过，老天很快就让我笑不出来了。

一进急诊室，我被架上内诊台，哪怕我哀求着：“不——要——啊！”医生仍在我下体伤口直接加压挤血水，简直是“满清十大酷刑”。我扯开喉咙尖叫，急诊室里有车祸的、流血的、打架的，没有人像我一样凄厉，医生显然被吓到了，喃喃地说：“叫成这样，好像我很残忍……”

只见小胡子在一旁频频弯腰道歉：“不好意思、不好意思，我老婆叫太大声了！”

急诊室出来，我的发烧退了，还没喘口气，换石头奶开始发威，不但硬，还肿、红、涨。于是，我第二度进了医院，这次是乳房科……

“就是乳腺堵塞嘛！”乳房科医生很肯定。

“那怎么办呢？”

“认真按摩、用力挤啊！”

我一点都不敢马虎，每天按表操课，半夜瞌睡欲死还是调闹钟爬起来“认真按摩、用力挤”。

皇天不负苦心人，我终于成功疏通了乳腺，非常欣慰。

但是我简直不能相信，接下来，换手废了。

有一天，当我一觉醒来，右手竟痛到举不起来。

于是，我第三度进了医院，这次是复健科……

“新手妈妈喔？你肌腱炎跟滑囊炎都发作了。”复健科医生同情地望着我。

“为什么会这样呢？”

“应该是密集挤奶，姿势不当、用力过度吧！”

“……”

太荒谬了，这是开什么玩笑啊？

约翰·列侬曾为他的儿子写了一首歌，叫作《Beautiful Boy》。

闭上眼睛，别害怕
怪兽不见了
它已经跑掉了，而爸爸就在这里
美丽的，美丽的孩子
在你入睡以前
做个小小的祈祷
不管那一天过得如何
事情总会越来越好

听，多么温柔的亲子呢喃。经历了轰轰烈烈的生产之后，我与亲爱的老公迫不及待想要感受一下一家三口的天伦之乐。我们也想要摸摸他的小脸脸，给他一个小亲亲，哄他甜甜睡觉觉。

在月子中心的某个晚上，我请护士把宝宝从婴儿房推进房间。这一晚，是我们一家三口第一次团圆入睡。

小人儿睁着大眼睛，挥舞着小小手，好可爱喔！根本是个小天使！那轰轰烈烈的生产过程已经抛到九霄云外了。

小胡子紧紧怀抱着小天使，一副有子万事足的模样。

“阿里，你真的变成阿里巴巴（阿里爸爸）了耶！”

“是啊！你看，儿子这么可爱，老婆，痛得有没有值得？”

“值得、值得！……换我抱。”我急得张开双臂。

但，不知道哪里让他不舒服了，小天使开始扭动、挣脱，发出哼哼啊啊的声音。

“小乖乖你怎么啦？”我赶忙温柔地问。

他用小眼睛瞅了我一眼，显然对我的问候不太满意，他眉头一皱，哇——爆哭了出来。

“好可怜喔！”我也快哭了。

“不要紧张，我拍拍他。”小胡子自告奋勇。

小胡子将小天使挂在胸前，边拍边哄，但是小天使已经变身小魔鬼，哭声越来越大声、越来越凄惨……

“我们叫护士来帮忙。”我很快就投降了。

“不要，我们自己的宝宝，应该自己试试看。……小阿里，告诉爸爸，你怎么啦？”

“哇——”继续哭。

“你想睡觉吗？”

“哇——”继续哭。

“还是尿湿了？”

“哇——”继续哭。

“难不成饿了？”老公用目光指示我，我赶忙剥开衣服袒胸露背，喂奶姿势就定位。

“哇——”更大声，小魔鬼显然不捧场。

没辄，我们只好请护士来。护士将小魔鬼的衣服整理整理，重新抱他，说点好话，怪得很，小魔鬼张牙舞爪收敛了，瞬间安静下来，一脸无辜地张着大眼睛。

“看，这小子是能沟通的，只是我们还没找到沟通管道。”小胡子精神一振。

护士重新将可爱的小天使交还给我们。亲爱的老公马上再度抱起小天使，试图跟他来一段父子间的心灵交流，战斗力十足。

“小阿里，爸爸跟你说喔……”

小天使看着老公，愣了三秒，然后，“哇——”

唉。

折腾一晚，天渐渐亮了，早上七点多，小胡子累得整个人趴在床上。我抱着不知道是小天使还是小恶魔的小人儿，感到很混乱，疲惫到了极点。啊，已经塞不回去了……

终于我怀着罪恶感，扯扯小胡子的衣角，怯生生地说：“老公……虽然是我们的宝宝，但是我想把他推回婴儿房了……”

此时，瘫着不动的小胡子，缓缓举起手，比了一个“赞”！

我松了一口气，耳边彷佛听见约翰·列侬还继续唱着：

在远飏的海洋中

我等不及要看你长大

但我想我俩都必须耐心一点

还有很长的路要走

是的，还有很长的路要走……

小人儿出生后几天，就是我与小胡子结婚周年庆。两人的婚姻生活加了一小人儿，显得热闹无比。在试探、摸索、实验中，有时频道对不上，有时默契很惊人。某日，护士来教我们如何帮宝宝洗澡。小人儿全身好软，我不敢碰，全交给小胡子操刀。

“以后谁帮宝宝洗澡呢？”护士问。

“她。”小胡子指指我。

“那爸爸呢？刚刚爸爸洗得很好耶！”护士又问，很亲切。

“我很快就要回上海了……不然上海那个小三搞不定。”小胡子一本正经地回答。

“啊……”护士脸上闪过一丝惊恐。

我接着说：“不不不，其实我才是小三，他必须回去搞定上海的大老婆……”

护士露出更加惊恐的表情。

我幽幽叹了一口气：“唉，幸好我现在生了儿子，就靠儿子来逼退正宫了！”

以上，只是一个平凡女人平凡的生产故事。如果你曾经问过身边的女性朋友，你会发现每个看起来寻常无比的妈妈，她们生命中都有一个难忘的生产故事。

经历过生产，才发现身为女人如此骄傲，因为女人是上天严选，我们带着使命，要让天使来到人间。

至于那像卡车来回碾过的疼痛嘛，你知道要获得一个天使，总是要付出一些代价的呀！

你要 Good Life，还是 Goods Life？

他很有钱，不单单家里很有钱，熟悉金融操作的他也很会赚钱，我们同一年从学校毕业，我住在顶楼加盖铁皮屋，但他已经在东区精华地段买了房子，一次付清。

他对我说“我刚买了一间房子”的语气，跟说“我刚刚买了一杯可乐”一样稀松平常。对许多人而言，这实在是令人羡慕的人生，可是他却不快乐。

房子交屋他没有感觉，跑车入手他也没有兴奋，才去欧洲旅行回来他也感觉普通。

人生里找不到让他热情的事情，再有钱，他还是不快乐。

所以你说，快乐跟金钱有没有关系？我说有一点，但不是全部。

所以住在旧公寓的我好快乐，可是住在豪宅里的他觉得人生好无趣。

如果找不到金钱的价值，那么金钱只是账户里的数字。

社会的迷思是“快乐＝金钱、物质、成就”，这很容易让我们搞不清楚自己在“追求快乐”还是“追求金钱”。

仔细想想，我们到底要的是 Good Life 还是 Goods Life？

这牵涉到我们所信仰的价值是什么。价值又分成外在价值跟内在价值。

外在价值是成就、形象、财富、地位。

内在价值是自我成长、亲密关系、社会贡献。

举例来说：

A 有一份工作，薪水很高，但你不太喜欢。

B 有一份工作，薪水普通，但你好喜欢。

你选择哪一个?

如果你在乎外在价值，你可能会选 A，因为它带来地位与金钱，带来外在欣羡的目光。但研究证明这样的人情绪容易焦虑，而且自我实现低落。

如果你在乎内在价值，你应该会选 B。毫无疑问的，做着自己喜欢的事情，会让我们活力充沛有热情，自我实现程度高，当然也就会有满足、有快乐。

虽然我们知道行为的动机可能导致不同快乐的结果，但是到底什么是快乐? 爵士乐大师路易·阿姆斯特朗说过:“如果你还要问爵士乐是什么，那么你就永远不会懂。”

法国科学家马修·李卡德（Matthieu Ricard）在学习佛法

三十年后，悟出了快乐，他在《快乐学——修练幸福的 24 堂课》中写到："我所说的快乐是指从一个极为健全的心灵中所生起的深刻绽放感。这不单只是一种愉悦的感觉、一种暂时的情绪或心情，而是我们存在的最佳状态。

"快乐也是一种诠释世界的方法，我们很难改变世界，但是可以改变自己如何看待世界。"李卡德所谓的快乐，是在一个很高的层次。可以说是一种修行了。

另一种快乐的解释更合乎凡夫俗子，社会学家对快乐的定义是："一个人对自己目前整体生命品质的正面评价程度。换句话说，指一个人对自己生命喜爱的程度。"

我喜欢这个说法，"一个人对自己生命喜爱的程度。"这表示，我们可以采取一些行动，做一些事情，让自己的生命可爱，让自己快乐。

所以有了葛瑞琴·鲁宾（Gretchen Rubin）《过得还不错的一年——我的快乐生活提案》，作者花了一年时间，进行所有足以引发快乐的具体行动，而你猜怎么了？这位纽约太太所进行的行动，都牵连着内在价值。

好比开始赞美伴侣、对小孩有耐性、记住朋友的生日（亲密关系）写小说、阅读、学习新事物（自我成长）帮助别人完成梦想、写部落格鼓舞网友（社会贡献）。

结果，她果真拥有超级快乐的一年，从此建立起她快乐生活家的地位。

我并不否认外在价值会带来快乐，但是如果人生只被金钱、地位牵着走，人生还真是无趣了点。金钱无法保证快乐，但是如果把钱花在丰富我们的人生（好比旅行、学习、创造感动与回忆），肯定可以带来快乐。

所以啰！ Goods Life 不全然等于 Good Life。

但 Happy Life 绝对等于 Good Life。

今晚睡前，问问自己，你快乐吗?

灯火之夜

国父纪念馆附近小巷弄的老餐厅里，我们一起吃晚餐。清炒豆苗、空心菜梗牛肉末、湖南扣肉、家常豆腐、无锡排骨，家常的菜色，很适合家常的我们。

我们，一共三个。一个是刚迁回台北工作的单身汉，一个已经是三岁女娃的爹了。

我们，是小学同学。

世界上有一些人，只有他们见识过你小时候愚蠢的样子，拉扯过你两条粗黑的长辫子，看过你大队接力跌倒时号啕大哭眼泪鼻涕直下的惨样。听过你用做作的音调朗诵毕业生致答词，"噢！亲爱的校长、老师、同学，又到了凤凰花开的季节，明日我们将各奔东西，但是我们会带着祝福，从此鹏程万里……"

万里有多长，没有人告诉我们。

振开双翅不见得就能高飞。

要飞多久，飞多快，累的时候怎么办？随时可以降落吗？

不想飞翔的时候，可不可以耍赖？翅膀受伤的时候，该怎么疗伤？

没有人告诉我们，万里也许根本不存在，我们只能在茫茫云雾里，调整不太美的姿态，揣着不确定的心情，继续往前飞。

鹏程万里，有时候，很累啊！当时，眼神充满希望的我们，怎么会懂呢？

“那个大队接力跌倒的伤有没有，就在膝盖，很难好，到现在还有疤。”

“还说哩！科学展览的老鼠记不记得？被我带回家养。”

“咦？老鼠那组不是我这组吗？我们同一组吗？我怎么不记得？”

“我不是你那组啦，只是实验结束，老鼠那么多，我有抓一只回家养，结果才玩一个星期就挂了。”

“你很残忍耶！”

“我也不知道怎么会这样啊！”一声无辜喊冤，理直气壮的，毕竟那年你才十二岁。

边吃边乱聊，没天没地。这是一种关系，让人全然放心。出门不用翻衣柜，省去擦口红，套上T恤，踩着布鞋，轻轻松松。挟菜不用看辈分，不用装含蓄，没有礼节。不用猜测，少去社交，绝无应酬。

“哎，等下去逛花灯吧！”我兴致勃勃。

“饶了我吧！花灯有什么好看？人很多耶！”

转头，不死心再问另一个，“哎，等下去逛花灯吧！我们都在国父纪念馆附近了……”

“可以不要吗？我不想逛花灯……”说完，眼前两个男人不约而同哈哈大笑起来：“看吧！男人都不想逛花灯。”“你们女人很麻烦耶！”

“哎哟，我也不是真的想逛花灯，我只想散散步，等下你们吃饱了，撑得半死就会想要跟我去散步了。”

“嗯，散散步勉强可以接受……”总算得到一张赞成票。

“只是我们散步的路线正好是花灯的路线。”我说。

“你耍诈！”哈！

灯节，又逢周末，路上人潮不少，男男女女，双双对对。也有一家家扶老携幼，几个孩童头上戴着萤光圈，一明一灭在路上闪耀。无忧无虑，无牵无挂，兴奋全写在小脸上。

“我都不能想象你已经有一个三岁的孩子了。结婚什么感觉？”

“很认命的感觉。”

“啊？”

“我们才交往半年，她怀孕了，我也三十了，想一想，好像也不能再这样晃荡下去，就决定结了。”

“喔！”

“你哩？你干吗还不嫁？”

“还没遇到啊！”

“不要太挑啦！”

“我没有。”

“我们这个年纪的男生，还可以挑一些年轻妹妹，你们女生越大就越难了，这是很现实的……”

“好啦好啦！我知道啦！”含糊带过，将另一个拖下水，“他也还没娶，你去念他，叫他不要那么挑！”

“怎么讲起我？我可是很努力的，上一个你最清楚啊！”

对，我真的很清楚，女方是透过我认识的，为此，你开心说你要买两百本我的书分送亲朋好友，我以为是一句玩笑话，你竟然真买了。在法院工作的你，夸口全台湾的法院图书馆都将有我的书了。

领固定薪水的上班族，两百本书啊！花去一半薪水吧？偏偏书还在运送中，恋情已经无疾而终。

“说话要算话啊！老同学啊，这样才够义气嘛！等你的戏播出，也要叫大家看。”

“我好感动喔！”

“不用感动啦！”你促狭地又补了一句，“收到书的同事想要跟我讨论内容，其实我自己根本连翻都没翻过……”

“哼！”我嘴里是怨，心里是暖。谢谢，谢谢这样疼爱我。

“没办法，我现在有空只看佛经……”你转而淡淡地说。

我知道，现在你念的是《大悲咒》、是《地藏经》、是《般若波罗蜜多心经》。你的公事包里除了文件，便是一本已经翻阅至老旧的经书，折口处你用透明胶带细心黏好，呵护备至。历经父亲吞药自杀，救活之后又发现胰脏癌，一个月内骤然撒手。你在一遍又一遍喃喃复诵的经文里，寻求圆满，得到平静。

“其实法院里读经的人很多，不光我啦！你知道，处理那么多奇怪的案件，又要判人生死，心情上总是有那么点什么……唉，人生很难懂啦！”

经书，我看不懂。人生也不懂。

很多事情好像应该懂，可惜都还不懂。

很多时候，很想回到那个可以理直气壮什么都不用太懂的年纪。

还在放卡带的年代，《六个朋友》专辑，知己二重唱悠悠唱着：

不懂的事，多还是少？
不懂的事，月亮知不知道？
不懂的事，人怎么会变老？
不懂的事，明天会不会明了？

如果人生的困惑，明天就会有答案，那么今天的我们，是不是就可以不那么绝望，还能够保有仰望的姿态？

仁爱路，灯火辉煌，我们没有转进国父纪念馆的灯区，只是路过。

七彩灯饰就在远处，各种造型的灯，兀自展现美丽，我们只是经过。就像这些年来，我们各自的人生，各自灿烂，各自闪闪亮亮，各自黯然，各自神伤，各自欢笑与垂泪。果然如毕业词所言“各奔东西”，即使我们其实都住得很近，走路不过咫尺之遥。

慢慢地，人生会让我们不得不放慢脚步。

慢慢地，我们想要回过头，去寻找熟悉单纯的温暖。

慢慢地，一步一步走着，深深的夜里，相伴走过一条有灯的长路，有你，有我，能这样已经很圆满。

最后的成功

朋友在台湾是山叶 YAMAHA 音乐中心的钢琴老师，这几日她来上海，拜访了雅马哈 YAMAHA 在上海的总部。

“上海的音乐教室，周末排课竟然是从早排到晚！”她惊讶地说。

“真有这么多家长希望小孩周末还去上课吗？”我怀疑。

“教室里每堂课都是额满的！”她回我。

在台湾，越来越多家庭，周末是 Family Day，全家出去玩，让孩子远离教室，而不是再把孩子塞进才艺中心。

听到朋友的回答，不知怎地，我忽然想起前阵子轰动的一本书《虎妈的战歌》，作者蔡美儿要求她的女儿练琴的时候不准上厕所，功课要全 A，事情做不好就骂她是垃圾。在虎妈严厉的管教下，两个女儿如愿都是音乐高才生，进知名的学校就读，成为母亲认可成功的精英分子。当然，作者蔡美儿本身也是精英分子，耶鲁大学法学院教授。

大部分的家长都希望孩子“赢在起跑点”，但是台湾的剧场大师李国修老师却希望孩子“输在起跑点”。他认为硬把孩子当陶土，捏成自己想要的样子，忽略了爱的教育，结果常常适得其反，毁了孩子的自尊与自信。

我一直记得国修老师与太太王月的书《一一九父母》中有个小故事，国修老师参加儿子的小学毕业典礼，儿子成绩烂得可以，一张奖状都没拿到，但是当最后唱骊歌的时候，全班四十个人，只有五个落泪，其中一个是他儿子。当别的孩子汲汲营营在成绩表现时，只有他儿子为离别感伤，为此，身为父亲的国修老师感到相当骄傲，因为这个孩子心中有感动、有爱！

前几年，还有一本颇受好评的书——作家简媜所写《老师的十二样见面礼》。简媜记录了她带孩子到美国短短游学四个月的震撼，当地的老师开学会给每位学生十二样见面礼，其中有牙签——意味着挑出别人的长处；有橡皮擦——每个人都会犯错，没关系的；有面纸——记得为别人擦干眼泪；铜板——提醒你，你是独特而且有价值的。那些无关乎“成绩”的价值熏陶，好比关怀、诚实、友善、幽默、胸怀、想象力，让做母亲的简媜相当惊喜。

这些不同的教育思想，都存在这个世界上。如果孩子能够又优秀、又快乐、又温暖，那是万幸。一个精英但冷漠空虚的孩子，跟一个平凡但温暖有爱的孩子，我选择后者。将来我有孩子，他不一定要有名校的光芒，但希望他能够自己发光。他不一定要追逐世俗赞许的价值，但我希望他诚实面对内心的梦想。他不需要是什么大人物，他只需要快乐地做他自己。我不希望他一帆风顺，我希望他越挫越勇。与其给他高智商，我但愿上天给他高智慧。

但愿我的孩子找到自己该去的方向，而不是父母、或者社会给他的目标，他快乐、自在，发挥自我天赋，也将温暖传递，能这样就很好。

也许，就像徐志摩的小诗《雪花的快乐》：

假若我是一朵雪花，翩翩的在半空里潇洒，我一定认清我的方向——飞扬，飞扬，飞扬。

这地面上有我的方向。不去那冷漠的幽谷，不去那凄冷的山麓，也不上荒街去惆怅——飞扬，飞扬，飞扬，你看我有我的方向。

虎妈相当自傲她的孩子卓越优秀，但国修老师也相当欣慰他的孩子有爱、有梦、有关怀。我不评论怎样的成就才是真正的成功，但我希望，我的孩子，能够让自己快乐、让别人温暖，这，才是最后的成功。

张奶奶的信

我不认识张奶奶，但，她写了一封信给我，来骂我的。

看到信的时候是冬日深夜，我哄小阿里睡觉哄到自己昏昏睡去，半夜两点从被窝里惊醒，再也睡不着，晃到书桌前打开电脑。

点开信箱，第一封跳出的就是张奶奶的信。

我昏涨涨的脑袋随着字里行间的严厉训斥，慢慢清醒起来。

自称六十多岁的张奶奶激动指责，她在电视上看见我，对于我的发言相当不以为然。那集节目录影讨论的是黑道男友，有个年轻女孩的男友因为吸毒被关，虽然不知道哪一天男友会幡然醒悟，但女孩相信只要爱他就能救他，所以女孩选择无怨无悔痴心守候。目前这位男友再度进入勒戒所，这已经不知道是第几次他因为毒瘾被关。

张奶奶说，我在节目上问了女孩："上帝或佛祖都不见得可以改变一个人，你为什么觉得你的爱一定可以？”

因为这句发言，张奶奶愤怒地斥责我，她觉得我内心充满负面思想、表里不一，一点都不温暖，她等着看我会有什么下场。

我努力回忆，那场录影，应该是两年多前的事了，节目不断重播，才会在现在看见。我记得，我当时的心情是疼惜年轻女孩的傻，不知怎地被张奶奶解读成心胸狭隘之人。

唉，好冷的天，带孩子足不出户多日，没想到待在家里也能天外飞来横祸。虽然不认识张奶奶，但因为自己惹老人家生气，感到很不安，而且，莫名其妙被辱骂、被误会，心里也满郁卒的。

一早，我告诉小胡子这事，小胡子闹我：“网络随便寄来的信，你又知道真有其人？搞不好是你管教太严厉，学生匿名来骂你的，哈！”

“无聊！”我瞪了小胡子一眼，随即抓着小阿里喂饭去。很快的我淹没在小阿里漫天飞窜的饭粒、汤匙中，我边喂边抓边吼，张奶奶已经挤不进我披头散发、忙碌不堪的世界。

人啊，一定会有，被别人误会的时候。

年轻时，一颗小石子就能掀起心中惊涛骇浪，总揪着心急切解释：“我不是那样的……你误会了……”

要不就一个人在夜半暗自低泣：“为什么那样说我……明明

不是那样……”

现在却快速就能穿越这迷障。

不重要的人，懒得对他解释。

不了解自己的人，根本不用解释。

硬要误会你的人，解释了也没用。

生活中有太多重要的事情要处理，生命中有太多重要的人要呵护。

别多费唇舌，别浪费时间，别费心讨好谁，回自己的世界继续奋斗吧！

时间总能证明你是什么样的人，何须多言？

想起一则网络流传的故事。

村里的少女怀孕了，父母质问父亲是谁，少女说是庙里的师父。

父母不分青红皂白将师父臭骂一顿，师父淡淡回应：“是这样啊！”就把孩子接过，默默地将孩子养大。

多年后，少女受不住心中煎熬，对父母坦承孩子的父亲另有其人。父母羞愧地带着少女去找师父认错，师父淡淡回应：“是这样啊！”便把白白胖胖的孩子还给对方。

问师父为何不辩解？师父回答：“被人误解于我毫无关系。我能解少女之困，能拯救一个小生命就是善事。”

好在张奶奶不是丢一个孩子给我，不过，我也打算用“不辩解、不回应”来回应。

隔天晚上，夜阑人静，张奶奶的信又慢慢浮现在我心头。

奇怪，她与我何干？我为什么抛不下张奶奶？不过是一封来路不明的信，不足挂心的呀！我翻来覆去，霎时想通了，因为她自称是“六十多岁的老奶奶”，不是不知天高地厚的小毛头，不是匿名来捣乱的隐藏者……

既然放不下，就再提起来吧！

我窸窸窣窣从暖暖被窝里爬出来，回头去电子邮件翻找她的信，躲在暗暗的天色下，重新再看一遍。

张奶奶说她曾经在监狱当过教化志工，她认为世上没有不能救的人，所以我对年轻女孩痴心守候毒瘾男友的质疑，就是诬蔑感化教育。

我被指控的罪名很大，简直罪该万死，张奶奶火冒三丈，真是言重了！

我手按着滑鼠思考，假如，信是真的，假如张奶奶真有其人，一个六十多岁的老人家在寒冬给我写信，我忍心置之不理？

假如，她真是在监狱奉献多年的志工，虽然语气严厉偏激，但老人家对社会的付出却令人感佩，为边缘人服务的热情，难道不需要被鼓励？

回一封信对我来说很困难吗？

奶奶年纪大了，也许不了解电视作业的难处，她不是故意来骂我，我难道不能为她解释吗？

如果几句话可以让老人家好过，我有什么好吝啬？

不回这封信，我睡得着吗？

让老人家悬念在那里，我安心吗？

于是，我决定写下这封信。

张奶奶您好：

谢谢您在寒冬中给我写信。

很感动您有这样一颗温暖的心，跟温暖的作为。

其实，电视作业流程有它粗糙的地方，常常经过剪接以后，许多言论容易被断章取义，而发言往往临时匆促，每次发言也有时间限制，很难将沉重的议题做深入陈述。

这是无奈，也是无力之处。

爱的力量当然伟大，改变则需要更多耐性。

日前韩国小说《我们的幸福时光》出版，作者如同您一样，为受刑人付出极大关怀，只是她选择使用文字唤起人们的思考。

您更加让人敬佩，因为您是亲力亲为，站在第一线服务。

我相信您肯定是那个将爱的光辉发挥到极致的人，谢谢您为这个社会的付出！

虽然在不同的领域，不同的地方，相信我们同样秉持着一颗热情的心在付出，不需要做给谁看，也无需对谁解释，我们的心上帝他都知道。

祝福您 健康平安！

晚辈　中薇

写完信，寄出，一颗心安然落地。

脚步轻盈地回到卧房，我搂着睡梦中的小阿里跟他说："将来你长大以后，千万不要随便误会别人喔，他肯定有他的难处是你不了解的。还有啊，也不要轻易被误会伤害，你可以假设对方不是故意的，当你无伤，就能超然，知道吗？"

嗯，太深奥了，小阿里肯定不知道，睡得很香甜。而我，终于可以关上灯，舒舒坦坦睡个好觉。

你猜怎么着？一早醒来，张奶奶已经回信了，写的是客客气气的几个字："谢谢你的回信。"

呼！总算！

用爱吸引爱前来

那天去行天宫拜拜，结束后绕进小巷子吃面线，店家生意很好，一个长发女生在我对面坐下，两个陌生人同桌共进午餐。

“来拜拜吗？”她问。

“嗯，刚拜完，来吃饭。”

“我是吃完，才要去拜。你拜什么呢？”她好奇。

“唉……我家宝宝，半夜一直惊醒大哭，无计可施了，长辈要我带衣服来收惊。”我拿出宝宝的衣服，一脸无奈，顺口也问她，“那你呢？拜什么？”

“感情啊！想生孩子，但他不想，他说还要拼事业。”她露出淡淡的哀怨。

“结婚了吗？”

“他还要拼事业呢，怎么结？感觉好像快分手了……”

“喔，难了……”我同情地望着她。

她深叹一口气，目测起来，她应该是三十好几的女人了。

说实在，我身边三十四五岁的单身女性朋友几乎都很焦虑，社会不断告诉我们，你是高龄产妇了，你到底要不要生呢？再不生，恐怕生不出来了。你说想生啊，但是没对象，又不能随便找人乱生。

而好不容易遇到一个对象，要是他不想要孩子怎么办？那你只好自我安慰，反正我已经三十五六七，生育力降低，老公不要孩子，反而少了生子压力。

但人生很难说呀！

最怕是到了四十多岁，更年期来了，铁铮铮不能生了，老公却忽然转性要小孩，该怎么办？

你哭天抢地，当初我要生，是你说不要的啊，现在怎么变卦了呢？

哎呀，男人啊，他们根本不知道自己要什么啊。尤其是，在生孩子这件事情上，他们从来没有想象，小孩是什么东东。

生孩子这件事情，比起男人，女人相对承担比较多的心理压力。

其实，我们也会害怕，我真的要孩子吗？我适合吗？我的生命会有什么改变？我能做得好吗？工作可以换，发型可以变，结婚了有可能离婚，人生伴侣也可能不是唯一。但孩子生了不能塞回去，生了一个孩子以后永远都是妈。不管你单身、已婚、离异、失业，“妈”就是一辈子如影随形的身份，逃到天涯海角还是妈。

而我，做好准备了吗？

即使我们有这么多问号想厘清，但女人的生物年龄一去不回，我们的身体无法允许你考虑到五六十岁才来做决定，怎能不焦虑呢？

不管是怎么样糊里糊涂或欢天喜地的当了妈妈，我得说，做母亲是一个女人最特殊的旅程。

当了母亲以后，我才忽然发现自己踏实地活在整个世界上，这是当年天涯飘浪女的我从来没体验过的滋味。

而这个滋味，实在也无法跟现在任何一个还潇洒如风的女人分享，因为，你真的，不会懂。（就像当年的我，真的也不懂！）

面线吃完了，我差不多该离开。

看着萍水相逢的愁苦女人，我安慰她说："我也曾经如此焦虑喔，不过喔，我从来没有放弃希望……"

"为什么？"她停下筷子，望着我。

"我知道我值得幸福啊，我相信我一定会幸福的……错了就错了，过了就过了，人生总是要往前啊，只要能往前走，就可以朝幸福更进一步……等你幸福的时候，回过头看那些伤你心的人，就会忍不住感谢，老天呀！真开心你离开了我！不然现在我怎么会这么幸福呢！"

她大笑出来，带些惊叹，对我说："很开心坐在你面前吃饭，你真的……很有能量啊！"

哎呀，这么有能量的我，对于儿子的夜半哭泣，还是手足无措呢！

加油啊！每一个为爱伤神的女人。

我始终相信老天不会辜负一个充满爱的灵魂。不论现在的你找到真爱了没有，都请一定要，处在爱里。

在爱里宽容，在爱里等待，在爱里付出。

能够付出爱，才能吸引更多爱前来。这是宇宙不变的定律呢！

十八年后的狮子头

每次搭高铁，就会想起那一次红烧狮子头与我同行的故事。

还记得，是年节的时候，也是老爸六十大寿的日子。傍晚五点半，我已经搭上高铁，好好端坐在椅子上，预计从台北出发，经过板桥、桃园、新竹，在六点半的时候抵达台中，车程一个小时。

我的行李很简单，除了笔记型电脑外，最重要的就是一小锅狮子头，还有一包金门面线。

红烧狮子头是下午刚熬煮好的，如今在我怀中安稳窝着，依然温热。我紧紧将这汤锅拥抱，深怕它溢出来，一点不敢马虎。同时，我试图用体温将它保温，祈祷在一个小时的车程后，它还能够持续散发温度，让我的父亲，可以在第一时间直接感受到来自我母亲的心意。

我的目的地是台中，老爸的家。

父母离异后，我往返台中与台北，搭乘各种交通工具：飞机、火车、野鸡车，到如今乘坐高铁，就这样过了十八年。

交通工具一直在翻新，不断往远方奔去，好似睁开眼就可以望见崭新的世界，新的呼吸、广的视野、美丽的、美好的、希望的……

我正用三百公里的时速往台中奔去，如果忧伤也可以用飞快的速度消逝，那真好。坐在全新的座椅上，新的一年，怀抱一锅新煮好的狮子头，不知道会不会带来不一样的滋味……

狮子头是这样来的。

午后看见老妈在搓丸子、炖白菜，熬了一大锅，香味四溢。

我凑进她身边，察言观色地探问着："妈，我今天下台中，狮子头可以带一些给爸爸尝尝吗？……"

"唔。"妈妈反应。这表示不赞成但也不反对。

"爸爸六十大寿，我想他如果吃到你做的狮子头，应该是很特别的礼物。"

"我五十岁生日的时候，也没有什么特别庆祝……"

"那到底可不可以吗？"我缠着问。

"随便……我又不是煮给他吃，我是煮给你，你带去台中可以吃。"

"喔……那如果爸爸要吃，我可以分给他吃吗？"

老妈犹豫半晌，终于松口了："就给他吃啊……看在他六十大寿的份上，就给他吃。"

然后她开了冰箱，拿出干贝，添了许多进锅里，边加，边叨念着："今年干贝真贵，我去迪化街才买一点点……"老妈发现我一直盯着她看，她撇了撇嘴，掩饰什么，企图解释着，"我是看在他六十岁的份上，才多给他补一点……"

嗯，六十岁终究不一样，总算可以捞到一点好处。

"妈，你以前煮过红烧狮子头给爸爸吃吗？"我好奇地问。

"我以前从金门嫁过来，刚结婚，哪里会做菜？……而且肉很贵耶！"才说着，又低低地怨了起来，"以前他在部队当兵，有一次，我想他难得放假，存了钱特地去买鸡腿炖汤给他喝，结果咧，也不知道什么事惹到他，脾气一上来，说不喝就不喝，真难伺候……"

"那你现在可好命啦，有我伺候你……"我赶紧甜言蜜语。

老妈转身，顺道从柜子里拿出一包面线，放进纸袋里，吩咐着："这面线，算给他祝寿。你要告诉他，这是金门面线，已经有咸味了，煮的时候不用再加盐巴了……"

"遵命。"

狮子头的香味弥漫在空气里，靠近一点便能感受到温度，老妈手执着汤勺，一勺一勺仔细舀起，小心翼翼地盛在保温锅里，深怕大力一点就会弄破肉丸子。

"离婚十八年后，还要我为他煮一锅狮子头……"老妈语气淡淡地感慨。

"妈，那爸爸也有十八年没有吃过你煮的东西了，不知道还记不记得你的味道？"

"最好他什么都忘掉……"只要讲到老爸，老妈一贯没好气。

不过，我好似看到她脸上飘过一阵悠忽。

也许老妈心中想的是：这老头，该不会真的都忘光了吧？

一直是这样，老妈心里想的，跟她嘴里牢骚的，永远不一样。

“今年是你爸的本命年，你要叫他去庙里安太岁。”老妈将狮子头递给我，顺口叮咛了我一声。

不是都想忘了吗？生肖还不是记得牢牢。

高铁很快，我才打个盹，台中就到了。摸摸怀中的狮子头，还蕴含着余温，我急急忙忙下车，往老爸家中奔去。

一进门，餐桌上已经坐满来为老爸祝寿的朋友。

我赶紧奉上狮子头，怂恿老爸拿起筷子，“爸，你要第一口吃！限量发行的耶！”

老爸伸出筷子，静静吞下一口，脸上猜不出是什么表情，仍是与大家随意闲聊。

餐桌上，父辈一位熟稔的朋友，听说这是远从台北送下来的狮子头，开玩笑地拍着老爸说：“哇！老兄，你多几个前妻，一人献上一道菜，生日就有满汉全席了！”

我听见，一笑置之。

夜晚，客人散去，只剩我与老爸在客厅，我琢磨着，可打算好好盘问些什么。

“爸，妈说她以前都没有烧过狮子头给你吃，是这样吗？”

“有啦，她忘记了……”老爸说得笃定，“只是那时候的肉丸很小，没像这次的这么大。”

看起来，往日种种，老爸也没有全忘掉，不像老妈口中那样无情。

“爸，隔了十八年又吃到妈妈的手艺，你有没有什么感言要发表？”

“感言？”老爸愣了一下，然后说：“有、有。”

我瞪大眼睛，总算问出点什么，兴致勃勃地追着问：“快告诉我，感言是什么？”

“敢怒而不‘敢言’。”老爸一本正经回答。

“唉哟！爸！”

“真的啊，如果你妈问起来，你就这样跟她讲。”我哪敢啊？

“爸，很冷耶！”我白了老爸一眼。

“冷啊？冷就穿外套啊！”又是一招顾左右而言他。

我锲而不舍，继续进攻：“妈妈提醒你要记得去庙里安太岁。”

“喔。”爸爸回应。这代表有点感动但又不动声色。

这一锅红烧狮子头没有吃完，将它放在炉火上再热一遍，等会待它凉了，收进冰箱里，明日再继续。

深深的夜里，狮子头的余香从厨房里淡淡飘散出来，有种迷离的味道。十三高楼的落地窗外，大度山下灯火点点，静谧无声。这样的夜晚很舒服，该沉睡的都已沉睡，该过去的都已过去，只有星星醒着笑着，微光温柔抚慰。

我永远不知道，妈妈在相隔十八年后，为爸爸炖一锅红烧狮子头，加入的调味料是放下还是原谅。也永远猜不透，爸爸吃下这迟来十八年的狮子头，那滋味是遗憾还是感慨。

不过，我会牢牢记得这一日，三十岁的我，从台北出发，跨过半个岛屿，为六十岁的爸爸，送上妈妈亲手炖的，十八年后的狮子头。

我身处的这个时代，台北煮好的狮子头，到了百公里远的台中仍然充满温暖。

在这个世界上，什么事情都可能发生；在这个人生里，也没有什么事情不能过去。

我将狮子头收进冰箱里，在温柔飘荡的余香中，新的一年就这样来了。

自己和自己团圆

绘本作家谢尔·希尔弗斯坦（Shel Silverstein）出版了畅销书籍《失落的一角》，故事讲述缺了一角的圆它很不快乐，于是它动身去寻找失落的一角。途中它忍受日晒与冰雪，但是它也享受花香与嬉戏。有一回它遇到合适的一角，但是没抓紧，弄掉了，有一回它抓太紧，破碎了。几经波折，才遇到让它圆满的一角……

成长的过程中，我像是那缺了一角的圆，不断向外寻找梦想、勇气、爱与希望等等一切可以充满我、让我以为圆满的东西。

而我，找到圆满了没有？

一年前的今天我举办了婚礼。

如果要问我，活了三十多年的岁月，是否有哪一天是我感到人生最圆满的时候？是否有哪一天，是我打从心底深深觉得感激，深深觉得够了，总算值得了，这辈子能够活到这样的境地，目睹这样的风景，此时此刻就让我死去，我可以了无遗憾？

如果真有那一天，我毫不犹豫就能确定：肯定是我婚礼的日子！

那一天，似乎是我从小到大最恐惧、最期待、最害怕、最欢喜的事情，齐聚一起发生的总结，结果却完全超乎我想象。

故事要从好久以前说起，我的亲生父母感情并不和睦，童稚时期他们已经离婚，后来又各自遇到伴侣。

在我真命天子迟迟未现身的岁月中，我曾经叹口气，哀怨地问老爸："怎么你们每个人都有两个以上的对象，只有我没有？"

累积至此，我的人生已经有两个爸爸与三个妈妈，上一代的纠葛，有那么多无法一语道尽的幽微情绪，我简直无法想象如果我要举办一场婚礼，我要如何搞定爸爸妈妈"们"各自的心情？大家都出席，到底会是欢天喜地还是鬼哭儿狼号？

而台下的宾客呢？他们看着舞台上惊人的阵仗，可会雾里看花看得雾煞煞？

然而老天多么疼爱我，筹办婚礼过程的曲曲折折暂不赘述，婚礼当天，我所有的父母都上台向宾客举杯，我甚至看见我的生父大方地伸出手为养父开路，请他先站上舞台，那一瞬间，我的眼泪完全失控。

松了一口气啊！过往的恩恩怨怨，已经在女儿出嫁这天和解，舞台上闪闪发光的泪珠将我的婚礼点缀得无比耀眼。

“家”一直是我此生最大的功课，成长过程中，我的家曾经让我流过许多伤心的眼泪。但我养父无私的奉献也让我流下许多感动的眼泪。

婚姻这件事，我从极度怀疑，到深深渴望，到欣喜接受它的降临，我的人生好似忽然圆满。婚后三个月，曾被医生断言极难受孕的我，竟然自然怀孕，这又是一个奇迹，是上天赐给我的礼物。

去年的这个时间，喜宴差不多要结束了。

纯白的长地毯，雪白的树，烛光点点，众多亲友的到场祝福，我就这样出嫁了。

今年的这个时间，我喂完副食品，小阿里已经在游戏区玩耍，他咯咯笑着，仿佛这世界的悲伤都与他无关，这世界的祝福都因为他而存在。

有夫有子，完全是我想象中的家。

一年之内，所有我真心向宇宙呼唤的，他都应许我了。

我如此幸福，我应该圆满了。

但是找到失落的一角后，我却开始有着难以言喻的失落……

绘本《失落的一角》中，终于完满的圆后来并不快乐，因为它变成一个不断滚动的圆，速度快到蝴蝶无法停下来在它身上落脚，它也不再驻足闻闻花香，它只能不断滚动。它现在什么也不缺，但是它却不能唱歌了……

那就是，我。

在奶瓶与尿布堆里打滚了几个月，我不断问自己，这不就是我梦寐以求的家吗？这一切不是我深深想要的吗？为什么我处在我的圆满图像里，内心的失落感却挥之不去？

我纳闷，我没有答案。

一段日子过去后，我慢慢找到呼吸的速度，打开书，重新开始阅读与学习。

才体悟到，原来圆满的图像完成以后，人生并不是从此静止停滞。

原来我除了想当小胡子的太太、小阿里的妈妈，我还想当我自己。那个自己是一个不断进步的自己，在灵魂上不断成熟的自己。

于是，多年前老师跟我说过的一句话，从记忆里跃然而出。依稀记得那是一个低落的夜，我再度被莫名的生命焦虑击溃。我问老师："老师，如果你很想去公园散步，你很想邀请一个人与你同行，可是对方没有空跟你去，那你怎么办？"

老师爽快地回我："我就自己去啊！"

"为什么？你明明就很想有个人跟你一起去啊！"我，偏执中。

“但是他没空啊！”

“那变成一个人去有什么快乐？”

老师语重心长地说：“薇，没有人可以影响你要的快乐！”

没、有、人、可、以、影、响、你、要、的、快、乐。

这句话重重烙印在我心里，在此后的生命里不断重新咀嚼实证。

谢尔·希尔弗斯坦在《失落的一角》后，出了续集，叫作《失落的一角遇见大圆满》。

这次是一个小小的三角形，它在等待缺一角的圆。

有一天它遇见了很特别的大圆满。

失落的一角对大圆满说：“也许我是你那失落的一角。”

“但我没有失落过什么角啊！我也没有任何一个地方可以容你栖身。”大圆满回答。

“那多可惜啊，”失落的一角说，“我多么盼望可以与你同行。”

“你没办法与我同行的，你应该靠你自己来行走。”大圆满头也不回地离开了。

故事的后来，三角形用自己的力量慢慢变成了一个圆。它再度遇见了大圆满，两个圆，终于在同一条道路上相依而行。

很多时候，我们努力想要寻找让自己圆满的另一半。但是，如果我们的圆满是需要别人来填补的，那样的圆满并不真实。

只有当我们自己和自己团圆，成了一个圆满的圆，才能遇见另一个大圆满，然后相伴但不羁绊地在生命道路上同行。

现阶段，大部分的时间里，我与小胡子分居台北、上海两地，我戏称自己是“假性单亲”。但我并不会让“老公在不在身边”来决定我与小孩快不快乐。小胡子缺席的时候，我和小阿里很开心，我们读书、唱歌，我们散步、逛花市，我们上婴儿瑜伽课。

原来，当我内在是一个饱满的圆，就不需要谁来让我快乐。

老公不在的日子，我是妈妈与小孩的快乐。

老公回来的日子，就是一家三口的快乐。

我的日子，只有“不同的快乐”，没有“不快乐”。

不管怎样，都快乐。

因为，没、有、人、可、以、影、响、我、要、的、快、乐。

至此，我终于明白，人生不是满足自己想象的图像，就是圆满。

而是一个圆满的人，不论处在什么状态，内在都是自在满足。

这阵子，我赴北京讲课，某次课程中，我提出一项作业，引导学生想象六十岁的自己要举办一个生日 Party。我希望他们具体告诉我，六十岁的时候，“你拥有了什么？有没有孩子？事业如何？人生是什么样貌？你又希望用什么样的方式庆祝你的六十大寿？”

这些学生，有政府官员、房地产老板、电影场记，有大学新鲜人等，他们来自湖南、安徽、北京、上海，四面八方。

有人的 Party 想要走自然风，田园里有花有草，有清风与流水。

有人是中式寿宴，要有大红灯笼、陈年普洱，鞭炮声祝贺，还邀戏班子来唱戏。

另外许多人希望自己的家是个四合院，就在院中庆祝，翻出从小到大的照片，回忆丰富的一生。

不论什么年纪，不论来自哪里，不论想要用哪一种形式庆祝，其实大家对于一个六十岁的圆满人生仍然有着共同的心愿：希望自我实现得以完成，希望父母健在，希望身边有伴侣，希望有相交一辈子的朋友述说共同的回忆。

我想，以上的心愿，也存在我心里。

我的六十岁寿宴呢，小阿里带着小马子，小胡子已经变成了白胡子。

远处，走来一个绑马尾的可爱女孩，小胡子指着她打趣着对我说："你看，她像极了当年我认识的调皮又热情的你！"（可爱女孩是我女儿，哈！）

至亲好友围绕在我身边，述说我这一生，沧桑中有浪漫、不完美但美好的一生。

唉，其实我没办法想得太远，六十岁，离我现在还有二十三年呢！此时此刻，我仍处在奶瓶与尿布中，我正从小阿里的嘴巴奋力抠出纸片，那是被咬烂的童谣歌词。我还努力骗回他啃坏的音乐书，那书本发出怪腔怪调的声音，破碎的音乐七零八落充盈在尿骚味的空气里。不可思议地，这样破烂的声音，伴随着小阿里的尖叫笑闹声，竟然好听得不得了呢！